Matthew Costello
Neil Richards
Cherringham – Ein Gentleman verschwindet

Die Serie

»Cherringham – Landluft kann tödlich sein« ist eine Cosy-Crime-Serie, die in dem vermeintlich beschaulichen Städtchen Cherringham spielt. Regelmäßig erscheinen sowohl auf Deutsch als auch auf Englisch spannende und in sich abgeschlossene Fälle wie auch Romane mit dem Ermittlerduo Jack und Sarah.

Über die Autoren

Matthew Costello ist Autor erfolgreicher Romane wie *Vacation* (2011), *Home* (2014) und *Beneath Still Waters* (1989), der sogar verfilmt wurde. Er schrieb für verschiedene Fernsehsender wie die BBC und hat dutzende Computer- und Videospiele gestaltet, von denen *The 7th Guest, Doom 3, Rage* und *Pirates of the Caribbean* besonders erfolgreich waren. Er lebt in den USA.

Neil Richards hat als Produzent und Autor für Film und Fernsehen gearbeitet sowie Drehbücher für die BBC, Disney und andere Sender verfasst, für die er bereits mehrfach für den BAFTA nominiert wurde. Für mehr als zwanzig Videospiele hat der Brite Drehbuch und Erzählung geschrieben, u. a. *The Da Vinci Code* und, gemeinsam mit Douglas Adams, *Starship Titanic.* Darüber hinaus berät er weltweit zum Thema Storytelling. Bereits seit den späten 90er Jahren schreibt er zusammen mit Matt Costello Texte, bislang allerdings nur fürs Fernsehen.

Cherringham ist die erste Krimiserie des Autorenteams in Buchform.

Matthew Costello
Neil Richards

CHERRINGHAM
LANDLUFT KANN TÖDLICH SEIN

Ein Gentleman verschwindet

Aus dem Englischen von Sabine Schilasky

be THRILLED

beTHRILLED

Vollständige ePub-to-Print-Ausgabe des in der Bastei Lübbe AG erschienenen eBooks »Ein Gentleman verschwindet« von Matthew Costello und Neil Richards

beTHRILLED in der Bastei Lübbe AG

Titel der englischen Originalausgabe: »The Gentleman Vanishes«

Textredaktion: Dr. Arno Hoven
Lektorat/Projektmanagement: Rebecca Schaarschmidt
Covergestaltung: Thomas Krämer unter Verwendung von Motiven von © shutterstock: jason2009 | suns07butterfly | David Hughes | ohenze
Satz: 3w+p GmbH, Rimpar (www.3wplusp.de)
Druck: Books on Demand GmbH, Norderstedt

ISBN 978-3-7413-0143-8

www.be-ebooks.de
www.lesejury.de

MIX
Papier aus verantwortungsvollen Quellen
Paper from responsible sources
FSC® C105338

Die Hauptfiguren

Jack Brennan hat jahrelang für die New Yorker Mordkommission gearbeitet – und fast genauso lange von einem Leben in den englischen Cotswolds geträumt. Mit einem Hausboot im beschaulichen Cherringham ist für ihn ein langgehegter Traum in Erfüllung gegangen. Doch etwas fehlt ihm. Etwas, das er einfach nicht sein lassen kann: das Lösen von Kriminalfällen.

Sarah Edwards ist Webdesignerin. Nachdem ihr perfektes bürgerliches Leben in sich zusammengefallen ist, kehrt sie mit ihren Kindern im Schlepptau in ihre Heimatstadt Cherringham zurück, um dort neu anzufangen. Das Kleinstadtleben ist ihr allerdings oft zu langweilig. Gut, dass sie in Jack einen Freund gefunden hat, mit dem sie auch in der vermeintlichen Idylle echte Abenteuer erleben kann!

»Cherringham – Landluft kann tödlich sein« – Diese Fälle haben Jack und Sarah bereits gelöst:

Sammelband I – Folge 1-3: Mord an der Themse, Das Geheimnis von Mogdon Manor, Mord im Mondschein
Sammelband II – Folge 4-6: Die Nacht der Langfinger, Letzter Zug nach London, Die verfluchte Farm
Sammelband III – Folge 7-9: Die Leiche im See, Ein frostiges Verbrechen, Totentheater
Sammelband IV – Folge 10-12: Tödliche Beichte, Spuren an Deck, Verhängnisvolle Sommernacht
Sammelband V – Folge 13-15: Morden will gelernt sein, Die Legende von Combe Castle, Ein fataler Fall
Sammelband VI – Folge 16-18: Das letzte Rätsel, Gefährlicher Erfolg, Der verschwundene Tourist
Sammelband VII – Folge 19-21: Spur aus der Vergangenheit, Ein rätselhafter Einbruch, Ein schmutziges Geschäft
Sammelband VIII – Folge 22-24: Tödliche Melodie, Eine schlechte Partie, Ein Trauerfall in der Familie
Folge 25: Ungebetene Gäste
Folge 26: Mord in heller Nacht
Folge 27: Tod zur Geisterstunde
Folge 28: Ein Menü zum Sterben
Folge 29: Tod in der Themse
Folge 30: Ein Gentleman verschwindet

Und in Romanlänge:
Tiefer Grund

1. »Great Cotswolds Steam Railway« – Die großartige Dampfeisenbahn

Reg Syms griff in seine enge Westentasche und zog seine Elgin hervor, eine klassische Uhr, die durch ihre unpraktische Größe nur noch schöner und – als Accessoire für einen echten »Bahnhofsvorsteher« – angemessener wirkte.

In genau diesem Moment öffnete sich die Seitentür zu seinem Büro – seiner »Domäne«, wie er es gern nannte. Und herein kam, nun ja … *der Neue.*

Ein Praktikant, der sämtliche Hindernisse und Hürden überwunden hatte, um in die rein ehrenamtliche Vereinigung der Dampflok-Begeisterten aufgenommen zu werden. Ja, man machte es Neuen nicht leicht, denn es mussten die bloß Gelangweilten oder Neugierigen von den wahren Enthusiasten getrennt werden.

Bei dieser sehr besonderen, wenn auch kurzen Bahnlinie zu arbeiten, einem echten Relikt aus einer hundert Jahre zurückliegenden Epoche, erforderte Wissen, Leidenschaft, Hingabe und – bei einer Bahnlinie unerlässlich – Pünktlichkeit.

Und während Reg weiter auf seine Uhr schaute, die exakt acht Uhr dreißig anzeigte, hörte er den Neuen sagen: »Guten Morgen, Mr Syms!«

Reg blickte auf. Er führte eine kleine Inspektion durch, als er Tim Waites Aufmachung betrachtete: Jackett, Krawatte, Weste – die Standarduniform, bei der alles in Ordnung war. Zuletzt fiel sein Blick auf das sauber gefaltete Taschentuch, natürlich in Signalrot, in der Jackentasche.

»Pünktlich. Gut, gut«, lobte er. »Die erste Fahrt heute – dann geben wir mal unser Bestes.«

Und Reg lehnte sich vor, um durch das Fenster des Fahrkartenschalters zum bleigrauen Himmel über dem historischen Bahnhofsgebäude zu sehen.

»Ziemlich grau und trübe heute. Es wird trotzdem viel los sein, und Sie werden reichlich zu tun haben …« — die nächsten Worte sagte er ganz besonders gern — »auf der Great Cotswolds Steam Railway. Na dann, auf geht's!«

Und Reg Syms begann sich ans Werk zu machen. Nun, wenn man ehrlich war, bestand es hauptsächlich darin, auf Fahrgäste zu warten. Und Tim Waite schaute ihm dabei zu.

Während sein Praktikant zusah – sich »im Schatten hielt«, wie es der jüngere Mann bezeichnete –, begrüßte Reg die alten wie die neuen Fahrgäste, stellte Quittungen aus und überreichte Fahrkarten aus festem Karton durch das kleine Loch in der Glasscheibe.

Wahrer Kundenservice!

Schließlich war der erste Ansturm vorbei, und als die Fahrgäste über den Bahnsteig eilten, vorbei an den wartenden Waggons, um zu sehen, wie die Lokomotive Dampf aufstaute, wandte Reg sich dem neuen Praktikanten zu.

Obwohl er gerade erst bei der Eisenbahn anfing, war Waite alles andere als ein junger Mann: ein Mittvierziger, der wahrscheinlich darauf erpicht war, dem Trubel zu Hause bei Frau und Kindern zu entkommen, um dieses … Abenteuer zu erleben.

Wer wollte das nicht?

»Merken Sie es sich genau, Mr Waite: das Lächeln, die Begrüßung – das alles ist außerordentlich wichtig.« Er reckte einen Finger in die Höhe. »Stellen Sie sich dieses kleine Büro, den Bahnsteig hier, die großartige Lokomotive da vorn – einfach *alles* – als eine wunderbare Zeitmaschine vor. Wir versetzen die Menschen in eine vollkommen andere Zeit zurück. Und ich wage zu behaupten – in eine bessere Zeit!«

Waite nickte. »Ich werde darauf achten …«, begann er.

Er verstummte, weil in diesem Moment ein Geräusch immer lauter wurde, das Reg wohlvertraut war. Das wummernde Dröhnen eines Mercedes-Motors.

Und Reg wusste *genau*, wer das war.

Bernard Mandeville – dessen Ankunft hier so verlässlich war wie der antiquierte Fahrplan dieser Bahnlinie.

Es wäre kein richtiger Sonntagmorgen, ohne dass Mr Mandeville ans Fahrkartenfenster trat und einen Fahrschein kaufte. »Nur für eine Person, bitte«, pflegte er in seinem sanften Singsang zu sagen, während er den Fahrschein erstand, so als geschähe es nicht zum hundertsten Mal.

Und Regs Antwort ebenfalls immer gleich; dazu ein Lächeln, ein Tippen an die Mütze, als würde er jemanden zum ersten Mal zu diesem großartigen Erlebnis begrüßen.

»Einer unserer besten und treuesten Fahrgäste«, sagte Reg, »also passen Sie jetzt gut auf.«

Dann wartete er auf Bernard Mandeville. Dieser Tage war er nicht mehr so flott auf den Beinen – oder flott bei irgendwas –, während er sich auf den Weg zum Fahrkartenschalter von Cherringham Junction machte.

»Guten Morgen, Reg«, grüßte Bernard.

Eine Vertraulichkeit, die in diesem Fall durchaus angemessen war.

Zumindest vonseiten des Fahrgastes.

»Mr Mandeville, wie schön, Sie zu sehen.«

Als wäre es eine Überraschung. Ein unerwartetes Vergnügen.

Bernard war gekleidet wie immer, und zwar perfekt abgestimmt auf das nostalgische Ambiente der Eisenbahn: langer Tweed-Mantel, klassischer, kurzkrempiger Hut, dreiteiliger Anzug mit Fischgrätmuster und sogar eine Nelke im Knopfloch. Als würde ihn der Zug nach Paris bringen, nicht zum Bahnhof Cheltenham Racecourse – gerade mal fünfundzwanzig Meilen entfernt.

Die Lokomotive war kraftvoll, doch gemessen an den schwindelerregenden Ansprüchen der heutigen Zeit, tuckerte sie viel zu langsam dahin.

Bernard bestellte seinen Fahrschein wie nach einem sorgfältig verfassten Drehbuch.

»Ah ja«, antwortete Reg. »Einmal Cheltenham und zurück. Sehr gerne.«

Und während Bernard seine Geldbörse hervornahm, um wie üblich einen Zwanzig-Pfund-Schein zu zücken, sah Reg hinter ihm …

Vielleicht ist das ja sein Sohn?

Er wusste nie, was für ein Verwandter von Bernard – es schienen drei zu sein – es jeweils war, der den Mann zum Bahnhof fuhr und dort wartete, bis er wieder zurück war.

Sein heutiger »Chauffeur« rauchte eine Zigarette und wirkte ein wenig ungeduldig. Reg dachte: *Der soll mir ja nicht die Kippe auf den Bahnsteig werfen.*

»Ah, hier haben wir es«, sagte Bernard und reichte den frischen Geldschein durch die Öffnung. »Diese neuen Scheine sind so glatt! Aus Plastik oder so, was? Noch ein Beweis, wie sich die Zeiten ändern. Gutes britisches Geld wird zu Zellophan!«

Reg gab Bernard seine kleine Fahrkarte aus Karton und anschließend sein Wechselgeld.

»Genießen Sie die Fahrt, Mr Mandeville«, sagte er.

Worauf Bernard antwortete: »Tue ich immer, Reg, tue ich immer.«

Dann drehte der Mann sich um und ging langsam auf das Erste-Klasse-Abteil zu, wo sein Verwandter bereits an der offenen Tür wartete. Reg beobachtete, wie der junge Mann Mr Mandeville stützte und ihm die Stufen hinauf ins Abteil half.

In dem Zug gab es keine richtigen Klassen mehr; man durfte sitzen, wo immer man wollte. Doch Reg nahm an, dass Bernard Mandeville sich immer in den warmen, abgewetzten Wagen der ehedem teuren und glamourösen ersten Klasse am wohlsten fühlen würde.

Nachdem er eingestiegen war, konnte Reg sehen, wie er sich im Abteil auf den Fensterplatz in Fahrtrichtung setzte. Sein Verwandter legte dem alten Mann eine Decke über die Beine.

Tim war neugierig.

»Also, dieser Typ, Bernard …«

»Mr Mandeville.«

»… nimmt jeden Sonntag den Zug nach Cheltenham Racecourse und zurück?«

»Verlässlich wie ein Uhrwerk. Seit die Linie in Betrieb ist, hat er noch keinen Sonntag verpasst.«

»Verblüffend. Er muss den Zug lieben!«

»Oh ja. Ich denke, wären da nicht seine diversen Gebrechen, würde er bei uns mitmachen. Sie wissen schon, als Ehrenamtlicher.«

»Gebrechen?«

»Ach, viel weiß ich darüber nicht, nur, dass der Arzt

regelmäßig bei ihm ist. Es muss etwas ziemlich Ernstes sein. Ich habe das Gefühl, sein einziges Vergnügen ist diese kleine Ausfahrt einmal die Woche.«

»Und was ist mit dem Typen?«

Reg sah den jungen Mann aus dem Abteil steigen und den Bahnsteig hinuntergehen.

»Sein Sohn, glaube ich.«

Reg nickte. *Thema erledigt,* dachte er und fing an, die Fahrgäste für die erste Tour am Morgen zu zählen.

»Wirkte ganz schön mürrisch, fand ich«, merkte Tim Waite an.

Reg hielt grundsätzlich nichts davon, sich in die Angelegenheiten anderer einzumischen. Trotzdem …

»Mürrisch? Kann sein. Es sind drei verschiedene Leute, die ihn bringen. Sie sehen die alle, wenn Sie erst fest im Dienstplan sind. Zwei Frauen – Schwestern, vermute ich.«

Reg holte seine Taschenuhr hervor.

Es reicht mit dem Fragespiel, dachte er.

Dann ertönte das laute Pfeifen der Dampflok. So satt, so volltönend.

Ein basso profundo, ging es Reg durch den Kopf. Ganz anders als das schrille Kreischen der modernen Züge.

Sein Blick wanderte zu der großen Bahnhofsuhr unter dem Bahnsteigdach – ja, pünktlich auf die Sekunde.

Er wandte sich zu Waite um, denn nun stand ein wichtiger, ja entscheidender Teil des traditionellen Ablaufs an.

»Wollen wir?«, fragte Reg schlicht, als wären sie im Begriff, etwas absolut Offensichtliches zu tun.

Er stand auf, wies mit einer Handbewegung Tim Waite an, zur Tür hinauszugehen, und folgte ihm auf den Bahnsteig, ehe er die Bürotür hinter ihnen schloss.

Dann drehte er sich um, atmete die rauchige Luft tief

ein, blickte nach links zum Dienstwagen und nach rechts zum Ende des Bahnsteigs, wo die große Lokomotive wartete – dampfend und rauchend. Sie erschien ihm wie ein wildes Tier, das an seiner Leine zerrte.

Während er die hektische Betriebsamkeit beobachtete – die letzten Fahrgäste, die rasch einstiegen, das laute Zuknallen der alten, schweren Türen sowie das Geplapper von Kindern, die sich vor den Abteilfenstern zusammendrängten und ihre Gesichter an das Glas pressten –, hörte er ein weiteres lautes Pfeifen. Anschließend sah er, wie fauchend eine Dampfwolke unter der Maschine hervorquoll …

Und der vertraute Kitzel der unmittelbar bevorstehenden Abfahrt regte sich in ihm. Er dachte: *Dies hier ist es, worum es geht!*

Das lebendige, atmende Zeitalter der Dampfmaschine!

2. Alles einsteigen!

Reg drehte sich zu Tim Waite um und stellte erfreut fest, dass sich auf dem Gesicht des Mannes die gleiche Begeisterung widerspiegelte.

»Wissen Sie was, Tim?«, sagte er; irgendwie fühlte er sich plötzlich dazu veranlasst, ihn mit dem Vornamen anzusprechen. »Wie wäre es, wenn Sie einsteigen und die erste Fahrt mitmachen?«

»Was, wirklich?«

»Später geht es vielleicht nicht mehr. Nur zu. Archie kümmert sich um Sie.«

»Archie?«

»Er ist der Schaffner. So können Sie den Rest der Mannschaft kennenlernen. Ist ein seltenes Erlebnis, von einer Neunundsiebziger gezogen zu werden.«

Er beobachtete, wie Tim die Aufforderung geistig verarbeitete – ohne sich jedoch zu rühren.

»Hopp, hopp«, ermunterte Reg ihn. »Sie wartet nicht auf Sie!«

Tim grinste und setzte sich endlich in Bewegung: Er stieg an Bord und schlug die Waggontür mit jenem wohltuenden Doppelknall zu.

Dann zog er das Fenster herunter und schaute raus zu Reg.

»Das ist sehr freundlich von Ihnen, Mr Syms!«

Reg nickte und trat zurück. Er blickte zum letzten Wagen, wo Archie stand und wartete. Die beiden nickten sich zu – *abfahrtbereit.*

Einer der Ehrenamtlichen schritt den Zug ab, um sich

zu vergewissern, dass alle Türen geschlossen waren. Anschließend pfiff er so laut, dass sich eine Gruppe von zuschauenden Kindern die Ohren zuhielt, und schwenkte seine kleine Fahne.

Mit einem weiteren lauten Pfeifen der Lok und einem zischenden Dampfschwall bewegte sich die großartige Maschine vorwärts – langsam, aber unaufhaltsam.

Reg blickte wieder nach vorn und sah die großen weißen Wolken, die von der Lokomotive zum passend grauweißen Himmel aufstiegen.

Widerwillig ruckelnd und klappernd setzten sich die Eisenbahnwagen in Bewegung.

Wäre er vorn auf dem Bahnsteig, könnte Reg zusehen, wie sich die Räder der Lok drehten und der alte, aber stabile Mechanismus die Wagenreihe zog.

Der Zug war nur zur Hälfte besetzt, denn diese Eisenbahn war – leider Gottes – vor allem eine Touristenattraktion. Eine Narretei für Fans. Spaß für Kinder, Familien und Enthusiasten, die etwas Seltenes erleben wollten.

Und für Reg – wie für alle anderen, die hier arbeiteten – war sie ein Hobby. Manchmal jedoch kam Reg seine Zeit hier wie … ja, wie sein wahres Leben vor.

Als Bernards Abteil an ihm vorbeirollte – der elegante alte Mann, dessen Abenteuer nun begann, winkte ihm sogar verhalten zu –, sah Reg aus dem Augenwinkel Mandevilles Sohn, der in Jeans und Fleecepullover hinten am Mercedes stand und zuschaute, wie der Zug abfuhr.

Nie begleitete jemand von Bernards Familie den alten Mann auf der Fahrt. Eine Reise in einer Dampfeisenbahn war offenbar nicht jedermanns Sache.

Zeit für meinen Tee, dachte Reg. *Vielleicht sehe ich mal nach, was das Old Tea House heute an Kuchen und Keksen anbietet.*

Und mit diesem Gedanken schloss er das Büro mit dem Fahrkartenschalter ab, so wie er es an jedem Wochenende um diese Uhrzeit tat, und ging den Bahnsteig hinunter zum kleinen Bahnhofscafé.

Er würde Tee trinken und überlegen, welche Fragen der Praktikant Tim zu dem Ritual haben könnte, das er eben erstmals miterlebte.

Tim lehnte sich aus dem Fenster des letzten Wagens und genoss die Aussicht auf die vom Regen durchgeweichten Felder und Wälder, während der Zug durch die Landschaft der Cotswolds ratterte.

Dampf- und Rauchwolken zogen um ihn herum durch die Luft. In jeder langsamen Kurve konnte er, wenn er sich richtig weit nach draußen lehnte, zehn Wagen weiter vorn die Lokomotive sehen, die diese sanften Hügel hinter Cherringham mit Leichtigkeit meisterte.

Seine Frau Helen hatte ihn gedrängt, sich ein Wochenendhobby zu suchen, nachdem die Kinder aus dem Haus waren. Die ganze Woche saß er im Dorf an einem Computer und verkaufte Versicherungen. Im Winter sah er kaum mal Tageslicht.

Und Helen hatte recht – dies hier würde Spaß machen!

»Vorsicht, dass Sie keinen Ruß ins Auge kriegen, junger Mann«, erklang eine Stimme hinter ihm.

Tim drehte sich um und erkannte Archie wieder, der am Bahnhof aus dem Dienstwagen des Zuges gekommen war. Er reichte ihm die Hand.

»Archie? Ich bin Tim Waite, der neue Ehrenamtliche.«

»Ah, stimmt ja! Freut mich, Tim.«

»Reg sagte, dass ich heute Morgen mitfahren darf. Er meinte, Sie würden mir alles erklären.«

»Hm, hat er das gesagt?«, fragte Archie mit strenger

Miene. Tim sah, dass er eine buschige Braue nach oben zog.

Na toll, dachte er. *Mein erster Tag, und schon krieg ich Ärger!*

Doch dann zwinkerte der andere Mann und klopfte ihm auf die Schulter.

»Klar, das mache ich gern. Wie wäre es, wenn Sie mit mir kommen, während ich die Fahrkarten kontrolliere? Ist eine halbe Stunde bis Cheltenham, also reichlich Zeit. Wenn Sie Glück haben, lasse ich Sie vielleicht sogar ein paar Fahrkarten knipsen!«

Archie hielt seine antiquierte Lochzange in die Höhe, und Tim lachte.

»Der Speisewagen sollte auch genug Dampf haben, wenn wir bei ihm angelangt sind. Da gönnen wir uns eine Tasse Tee und ein Kit-Kat, was?«, schlug Archie vor, als er die Schiebetür öffnete, die zu den Fahrgastwagen führte. »Und in Cheltenham bringe ich Sie für die Rückfahrt auf der Lok unter. Wie finden Sie das?«

»Super«, sagte Tim und folgte Archie in den ersten Wagen.

Zwanzig Minuten später legten sie den versprochenen Zwischenstopp im uralten Speisewagen ein, um einen Tee zu trinken und einen Schokoladenkeks zu essen.

Viele der Fahrgäste waren Touristen, und Tim hatte bemerkt, dass Archie mit jedem von ihnen kurz plauderte. Gleichwohl hatte Tim auch einige Leute aus Cherringham wiedererkannt, die einen Familienausflug mit der Eisenbahn unternahmen.

Die meisten Reisenden saßen in den offenen Wagen, wo sich verblichene Holzbänke paarweise gegenüberstanden und sich oben Gepäcknetze spannten.

Andere zogen die Abgeschiedenheit der ersten Klasse

vor – einzelne Abteile, die durch Schiebetüren von einem schmalen Gang getrennt wurden.

Hier schienen sich vor allem ältere Fahrgäste wohlzufühlen. Rentnerpaare und Eisenbahnbegeisterte.

Nach und nach fing auch Tim an, wie Archie mit den Leuten zu plaudern. Die freundliche Atmosphäre, die anscheinend der Dampfeisenbahn zu verdanken war, färbte auf ihn ab.

In einem der Wagen sah er Mr Mandeville. Der alte Mann saß allein, eine Decke über seinen Knien ausgebreitet, und blickte aus dem Fenster. Archie klopfte an die Glastür, bevor er sie aufschob.

Tim rechnete auch hier mit einer kurzen Unterhaltung – Archie gingen offensichtlich der Klatsch und die kleinen Scherze nie aus.

Doch Mr Mandeville nickte nur, reichte Archie den Fahrschein und wandte sich wieder zum Fenster.

Die beiden wechselten kein Wort.

Komisch, dachte Tim. Doch er erinnerte sich daran, dass es Mr Mandeville nicht gut ging. Hatte der arme alte Bursche vielleicht Schmerzen?

Bei ihrem Tee bestätigte Archie, was Tim bereits vermutet hatte. »Mr Mandeville? Der alte Knabe in Tweed?«, fragte er. »Der war noch nie für irgendwelches Geplauder zu haben, um ehrlich zu sein. Und ich will ihn gewiss nicht stören, den armen Kerl.«

Tim fragte, wie lange Mr Mandeville schon mit dieser Eisenbahn fuhr, doch ehe Archie antworten konnte, war ein lautes Pfeifen zu hören, und plötzlich waren sie in einem Tunnel!

Das Schnaufen der Lokomotive wurde lauter, und in der Dunkelheit vor den Fenstern konnte Tim die Dampfwolken vorbeiziehen sehen.

»Der Winsham-Tunnel«, sagte Archie, der eines der

Fenster fest schloss. »Der zweitlängste Tunnel auf einer Dampfeisenbahnlinie in unserem Land.«

Tim trat ans Fenster, fasziniert von dem Lärm und den flackernden Spiegelungen der vielen Wagenlichter an den Tunnelwänden.

Es schien ewig zu dauern. Doch schließlich ertönte noch ein Pfiff, und sie fuhren wieder hinaus in den strahlenden Sonnenschein. Der Zug ruckelte von einer Seite zur anderen, so schnell war er nun.

»Exakt vier Minuten!«, rief Archie, der auf seine Taschenuhr blickte. »Kommen Sie, noch zwei Wagen, dann sind wir in Cheltenham.«

Tim trank seinen Tee aus und stellte die Tasse zurück auf den Tresen.

»Und wenn wir dort sind, heißt es, alle Mann an Deck, um die Lokomotive für die Rückfahrt nach vorn zu schaffen. Bleiben Sie in meiner Nähe, junger Tim, und ich sorge dafür, dass Sie einen Logenplatz auf der Lok bekommen!«

Tim folgte Archie weiter durch den Zug, der sich schwankend und rüttelnd fortbewegte. *Das glaubt Helen mir nie,* fuhr es Tim durch den Kopf. *Und das auch noch an meinem ersten Tag!*

Reg hatte eben seinen Papierkram beendet, da hörte er den lauten Pfiff, der die Rückkehr der Dampflokomotive aus Cheltenham ankündigte.

»Da ist sie ja«, murmelte er vor sich hin, schaute auf seine Uhr und nickte zufrieden. »Auf die Minute.«

Reg war von jeher gern draußen auf dem Bahnsteig, wenn der Zug zurückkam, das Büro und der Schalter aufgeräumt und sauber waren und alles bereitstand für die nächste Fahrt.

Er ging auf den Bahnsteig und schloss die Tür hinter sich.

Draußen waren noch zwei andere Ehrenamtliche. Sie trugen dunkelblaue Uniformen mit perfekt geknoteten grau-rot gestreiften Krawatten und den dazu passenden traditionellen Schaffnermützen.

Alle nickten sich zu.

Diese Ehrenamtlichen, die draußen auf dem Bahnsteig tätig waren, kümmerten sich um die Fahrgäste. Da jeden Tag neue Reisegruppen kamen, gab es stets reichlich Fragen: über die Bahnlinie, die großartige Dampflokomotive und deren Geschichte.

Und das ist auch gut und schön, dachte Reg.

Er hingegen mochte es lieber, einen richtigen Job zu haben, nämlich Fahrkarten zu verkaufen. Das war das echte Reisegeschäft – genau so, wie man es vor hundert Jahren gehandhabt hatte.

Nun blickten sie alle nach Westen, als ein lautes Pfeifen – für Reg eines der schönsten Geräusche der Welt – die Ankunft des Zuges meldete. Weiße Dampfwolken schossen aus dem Schornstein empor und waberten davon, während der Zug – selbst bei seiner geringen Geschwindigkeit – unter jeder neu geformten Wolke vorbeidonnerte. An der Biegung, gleich hinter der Weide, wo gelangweilte Kühe wiederkäuten, war die große Lok zu sehen.

Und Reg konnte nicht umhin, einem der Ehrenamtlichen – noch ein Neuer – auf die Schulter zu klopfen.

Zwar war der Mann sicher schon oft mit dem Zug gefahren, doch das war etwas anderes, als auf dem Bahnhof zu *arbeiten,* hier zu stehen und die Ankunft in ihrer ganzen Pracht zu erleben.

»Was für ein Anblick!«, sagte Reg.

»Das ist es, Mr Syms, oh ja!«

Sie beide blickten abermals nach Westen, zu dem letzten Gleisabschnitt vor dem Bahnhof, wo die Lok wie ein brüllender mechanischer Drache von ihrer eher schlichten Reise heimkehrte.

Dann, als die Maschine langsamer wurde – die Bremsung erfolgte sanft und wurde von einem weiteren lauten Pfeifen begleitet –, verkündete die Kreatur stolz und mit Gebrüll ihre Ankunft.

Im selben Moment wurde Reg abgelenkt.

Sein Blick glitt nach rechts zum Parkplatz, auf den soeben der schwarze Mercedes im Schritttempo einbog; seine Motorgeräusche wurden vom Zischen und Fauchen der Dampfmaschine übertönt. Reg beobachtete, wie Mr Mandevilles junger Verwandter mit einer Zigarette im Mund ausstieg und herübergeschlendert kam.

Die Dampflok wurde noch langsamer, kroch nun förmlich in den Bahnhof hinein und erinnerte an einen riesigen Ozeandampfer, der gemächlich im Hafen anlegte.

Reg sah Tim vorn im Führerhaus stehen. Der jüngere Mann winkte mit ausgestrecktem Arm; und sein Gesicht war geschwärzt von Rauch und Ruß, zugleich aber gerötet und strahlend.

Auch Reg winkte dem neuen Ehrenamtlichen zu, als die Lokomotive vorbeiglitt, den Bahnsteig entlang bis zu ihrem Haltepunkt rollte.

Dann drehte er den Kopf wieder in Richtung Parkplatz und sah erneut Mr Mandevilles Verwandten, der nun auf dem Bahnsteig stand.

Reg warf ihm einen Blick zu, der so viel bedeutete wie: *Denk nicht mal dran, den Zigarettenstummel auf den Bahnsteig zu werfen.*

Für diejenigen, die immer noch freiwillig den tödlichen Qualm einatmeten, gab es einige mit Sand gefüllte Töpfe in der Nähe.

Doch der junge Mann schien den warnenden Blick nicht bemerkt zu haben; er starrte stattdessen auf die tannengrüne Lokomotive, die immer langsamer wurde. Sie war letztes Jahr neu gestrichen worden, wobei man darauf geachtet hatte, dass die Farben mit denen der Originallackierung genau übereinstimmten.

Dann wurde die Maschine noch langsamer, keuchte wie ein Läufer, der die letzten Schritte bis zur Ziellinie absolvierte, und näherte sich dem Signal.

Schließlich erklangen drei Pfiffe hintereinander, und der Zug hielt. Noch stieg Dampf aus dem Schornstein auf, und es quoll auch welcher unter der Lok hervor.

Sie warteten, dass die Passagiere ausstiegen.

Als Erstes kam eine Familie – lauter lächelnde Gesichter.

Das ist es, worum es geht, dachte Reg. *Ein richtiges Abenteuer!*

Dann folgte ein Paar mittleren Alters in recht professioneller Wanderkluft: klobige Stiefel, Kaki-Hosen mit einem Dutzend Taschen, karierte Jacken mit Reißverschlüssen und Schirmmützen.

Nach und nach gingen alle Türen an allen zehn Wagen auf, als sämtliche Fahrgäste ausstiegen.

Eine junge Mutter und ihr Sohn riefen Reg »Vielen Dank!« zu, und der Junge winkte.

Davon haben wir viele, dachte Reg. *Alleinerziehende Mütter, die ihren kleinen Jungs ein Abenteuer bescheren wollen*

Er achtete stets darauf, sich an die Mütze zu tippen, wenn sich die Leute von ihm verabschiedeten.

Reg schaute weiter zu, bis der Strom der Fahrgäste versiegte.

Dann jedoch hörte er einen Mann unweit von sich recht deutlich etwas sagen.

»Verfluchter *Mist!*«

Auf einmal rannte der junge Mann, der Reg vorhin aufgefallen war, den Bahnsteig hinunter, an dem Erste-Klasse-Wagen vorbei zu dem dahinter und anschließend zum nächsten. Mit seinen Blicken suchte er sämtliche Waggons ab, bis er den Dienstwagen am Zugende erreicht hatte.

Und Reg begriff, was er tat.

Er fragte sich …

Wo ist Bernard Mandeville?

Gute Frage!

»Stimmt etwas nicht, Mr Syms?«, fragte Tim, der ebenfalls ausgestiegen und gerade zu Reg gekommen war.

Aber Reg antwortete nicht, denn nun kam der Mann auf sie beide zugelaufen.

»H-haben Sie meinen Vater aus dem verdammten Ding steigen sehen?«

Dem verdammten Ding …

Es gab Zeiten, in denen es Reg schwerfiel, seine professionelle Haltung zu wahren.

»Nein, Sir, leider nicht. Mr Waite, haben Sie zufällig einen älteren Gentleman aus dem Zug steigen sehen? Vielleicht aus dem Erste-Klasse-Wagen?«

Die Frage war reine Show. Dennoch gab es darauf eine Antwort:

»Mr Mandeville? Ähm, nein, habe ich nicht, Mr Syms …«

»Der alte Sack ist also eingeschlafen? Oh Mann …«

Nun sah Reg, wie der junge Mann Anstalten machte, in den Zug zu springen.

Und das ohne Fahrschein … Na, das war ganz und gar nicht erlaubt.

»Verzeihung, Sir, aber Sie dürfen nicht …«

Im selben Augenblick erschien Archie an der Tür, der gerade aussteigen und vor der nächsten Fahrt einen Tee trinken wollte.

Er war in einer perfekten Position, um dem jungen Mann den Weg zu versperren.

Anstatt zurück zum Fahrkartenschalter zu gehen, trat Reg einige Schritte näher.

Was hier geschah, war wahrlich *merkwürdig.*

Archie blieb in der Wagentür stehen.

»Mein, ähm, Vater ist noch im Zug, wahrscheinlich eingeschlafen, und …«

Doch Archie schüttelte den Kopf. »Bedaure, Sir, wir gehen nach jeder Fahrt den gesamten Zug ab. Es ist niemand mehr da. Und es kommt auch niemand vor der angemessenen Zeit an Bord.«

»Was? Sie wollen mich wohl *verarschen,* oder? Er ist nicht da? Ist er denn in Cheltenham ausgestiegen?«

Der Zugang zum Zug war versperrt, daher konnte Reg in Ruhe zusehen, wie Archie noch eine Stufe gen Bahnsteig hinabstieg.

»Tatsächlich ist niemand in Cheltenham ausgestiegen – jedenfalls habe ich keinen gesehen. Heute sind keine Rennen, wie Sie vielleicht wissen. Allerdings stiegen einige Leute zu. Haben Sie ihn eventuell … verpasst?«

Hierauf warf Tim Reg einen Blick zu.

Richtig, dachte Reg. Sie hatten die ganze Zeit hier gestanden.

Mr Mandeville ist nicht ausgestiegen.

Und wenn er auch in Cheltenham nicht ausgestiegen war, wie Archie sagte, dann …

Ja, was ist dann passiert?

Die Antwort schien zu lauten …

Das Unmögliche war geschehen.

Bernard Mandeville, ein gebrechlicher alter Herr, war irgendwie …

Verschwunden!

3. Eine eigenartige Einladung

Sarah zog ihre dünne Jacke fester um sich.

Hier draußen auf dem Fußballplatz hinter Daniels Schule hatte ein kühler Wind eingesetzt, der von den nahen Hügeln und Wäldern über das offene Sportgelände blies.

Und Sarah wurde klar, dass sie nicht passend gekleidet war.

Normalerweise ging Sarah in Daniels nunmehr letztem Jahr nicht mehr zu den Spielen seiner Schulmannschaft. Die Zeiten, in denen ihm wichtig war, dass seine Mum zu den Spielen erschien, waren längst vorbei.

Nun ging es ihm nur noch um seine Freunde und – wie ihr aufgefallen war, als sie ihn morgens eilig zum Unterricht abgesetzt hatte – um ein Mädchen, das irgendwie immer vor der Schule auf ihn wartete.

Was ist nur passiert?, fragte sie sich.

Sicher, jeder hatte ihr gesagt, dass die Zeit wie im Flug vergeht. Aber neuerdings schien sie das mit Überschallgeschwindigkeit zu tun. Chloe redete von einem zweiten Brückenjahr, eventuell einigen weiteren Monaten bei ihrem Freund in Frankreich.

Und Daniel?

Nun, ihr Jüngster überragte sie inzwischen. Er war immer noch süß, hatte immer noch etwas von seiner jungenhaften Begeisterungsfähigkeit.

Aber es war auch recht deutlich geworden, dass sich seine Interessen veränderten.

Die andere Mannschaft – aus Burford – war besser, allerdings stand es immer noch null zu null.

Sarah beschloss, in der Halbzeitpause zurück ins Büro zu fahren. Da Grace nebenher mit der Hochzeitsplanung beschäftigt und immer mal wieder weg war, musste Sarah bei all den Websites und den Grafikarbeiten auf dem Laufenden bleiben, die sie betreuten.

Sie hatte sogar schon überlegt, ob eine zusätzliche Hilfe eine gute Idee wäre. Vielleicht jemanden, der frisch von der Schule kam, nicht an die Uni wollte und nach einem Teilzeitjob suchte?

Sie blickte sich unter den anderen Schülern und Lehrern um, die sich das Spiel ansahen. Es waren nur wenige Eltern da, und Sarah kannte niemanden von ihnen.

Noch ein Kreis, zu dem ich nicht mehr gehöre.

Nicht so wie zu Daniels Grundschulzeit, als alle Eltern eine gewisse Verbundenheit einte, die auf gemeinsamen Freuden und Sorgen basierte.

Auch das war so schnell vergangen.

Dann jedoch fühlte sie jemanden … direkt hinter sich.

Sarah drehte sich um.

Die Frau lächelte sie an, als wollte sie demonstrieren, dass sie nicht bloß eine Zuschauerin war, und kam einen Schritt näher. Die Frisur ihres gelblich blonden Haars wurde vom Winde verweht.

Dennoch hielt sich das Lächeln der Frau.

Und sie fragte: »Sarah Edwards?«

»Ja?«, erwiderte Sarah.

Die Frau nickte und kam noch näher.

»Entschuldigen Sie. Ich meine … dass ich Sie hier aufsuche. Ihre Assistentin hat gesagt …«

»Grace? Meine Partnerin.«

Grace war schon lange von der Assistentin zur gleichberechtigten Partnerin aufgestiegen.

»Ja, gut, sie hat gesagt, dass ich Sie hier finde. Beim Fußballspiel Ihres Sohnes.«

Die Frau war ungefähr in ihrem Alter, tippte Sarah, aber sie kannte sie nicht.

Nein, und sie war auch nicht passend gekleidet, um an einem kalten Nachmittag mitten in der Woche bei einem von der Schule veranstalteten Fußballspiel zuzuschauen. Ihr Outfit war topmodisch – so kleidete man sich eher zum Shoppen in der Londoner Kings Road.

Überdies war sie auf eine künstliche Art hübsch: Sie hatte ein perfektes Make-up.

»Ich hoffe, dass ich nicht störe.«

Was sie offensichtlich tut, dachte Sarah.

Sie zuckte mit den Schultern. »Ich sehe meinem Sohn beim Spielen zu. Was dieser Tage ziemlich selten vorkommt.«

Dieser Satz flötete anscheinend an der Frau vorbei.

Sie streckte ihr die Hand hin. »Lucinda Blaine. Ähm, und ich denke, dass ich, meine Schwester Eva und mein Bruder Theo … Na ja, wir scheinen eine Situation zu haben, die vielleicht …« Sie hatte sichtlich Mühe, die richtigen Worte zu finden. »Sie und Ihr Partner, diese Ermittlungssache, die Sie machen … könnten Sie uns vielleicht helfen?«

Sarah hielt ihre Jacke fest um sich geschlungen. Bald würde Halbzeitpause sein. Sie könnte rübergehen, Daniel kurz Hallo sagen und dann ins Büro zurückkehren.

»Ach ja? Tja, ich denke, da müssten Sie mir mehr erzählen, bevor ich Ihnen sagen kann, ob wir bei irgendwas helfen können.«

Noch ein Nicken von der merklich angespannten Frau.

»Ja, richtig, das verstehe ich. Ähm, ich frage mich … ich meine … Es wäre sehr nett, wenn Sie und Ihr Freund später zu uns kommen könnten. Zum Tee vielleicht? Dann können wir Ihnen alles erzählen.«

Nun war es an Sarah zu nicken. »Ja, vielleicht. Aber ich müsste in etwa wissen, worum es geht. Es wäre nicht schön, Ihre Zeit zu verschwenden – oder unsere.«

Lucinda Blaine sah zur Seite, dann wieder zu Sarah und verengte die Augen.

»Sicher, natürlich. Es geht um unseren Vater, verstehen Sie. Er hat – und er ist sowieso nicht in der besten Verfassung – die Dampfeisenbahn genommen, letzte Woche, und dann ist er einfach … verschwunden.«

Sarah beobachtete die Frau aufmerksam. Dies war wirklich eine ernste Sache.

»Verschwunden? Nun, ich nehme an, die Polizei ist eingeschaltet?«

Noch ein Nicken. »Ja, selbstverständlich. Aber anscheinend sind solche Vorfälle, wo jemand verschwindet … recht häufig … und schwer aufzuklären.«

»Vermutlich hat es Zeugen gegeben«, sagte Sarah.

»Keine Menschenseele.«

Und nun tat Lucinda etwas Unerwartetes. Sie ergriff Sarahs Hand.

»Die Sache ist die, Sarah, dass wir so viel Gutes von Ihnen gehört haben.«

Sie schaute sich um. »Könnten Sie bitte wenigstens in Betracht ziehen, zu uns zu kommen?«

Es folgte ein kleines Lächeln.

»Ein warmes Feuer, eine Kanne Tee, und wir erzählen Ihnen alles. Das wenige, was wir wissen.«

Sarah hörte ein schrilles Pfeifen. Halbzeit.

Wie von Zauberhand erstarrten alle Jungen, die eben noch in ihren Shorts und mit roten Knien herumgerannt waren. Als hätte jemand einen Schalter umgelegt.

»Ich müsste mit meinem Partner Jack Brennan darüber reden. Fragen, ob er Zeit hat, und …«

»Danke! Haben Sie vielen Dank! Ähm, hier ist die Adresse. Es kann schwierig sein, die Einfahrt zu finden, aber sicher kennen Sie die Gegend.«

Sarah sah auf die Visitenkarte aus starkem Karton mit den dick aufgeprägten schwarzen Buchstaben … *Mandeville Towers.*

Und die Adresse war in einer Gegend, die sie tatsächlich kannte. Ein exklusives Gebiet nördlich von Cherringham.

Sarah blickte über das Sportgelände zu der Stelle, wo sich die Fußballspieler zusammengeschart hatten, Wasser tranken, sich Orangenscheiben nahmen …

»Ich muss los«, sagte sie. »Aber ich rufe Sie an und lasse Sie wissen, ob wir kommen. Garantieren kann ich leider nichts. Ich hoffe, das ist in Ordnung für Sie?«

Lucinda lächelte. Die Frau schien ehrlich erleichtert, obwohl Sarah noch gar nicht zugesagt hatte, irgendetwas zu tun.

Sarah nickte lächelnd und wollte hinüber zu der Stelle gehen, an der die Cherringham-Spieler in ihren blauorangen Trikots standen.

Sind nicht viele Informationen, die ich Jack geben kann, dachte sie.

Nicht genug, um eine Entscheidung zu fällen.

Aber ein alter Mann, der aus einer uralten Eisenbahn verschwindet?

Tja, vielleicht wäre das genau sein Ding.

Sie nahmen Jacks Wagen. Er bestand darauf.

Ein frischer Nachmittag wie dieser war ideal für eine Cabriofahrt über Land.

Zwar tat der Schal, den Sarah sich um den Kopf gewickelt hatte, sein Bestes, ihr Haar im Zaum zu halten, trotzdem wehten ihr immer wieder einzelne Strähnen ins Gesicht, und sie musste zugeben, dass sie sich sehr auf den Tee in Mandeville Towers freute.

Jack war sofort interessiert gewesen.

»Aus einem Zug verschwunden?«, hatte er gefragt. »Ohne dass jemand etwas gesehen hat? Überhaupt keiner? Also das ist interessant.«

Allerdings war er genauso neugierig wie Sarah, warum die Erstinformationen so mager ausgefallen waren.

Schließlich – sie hatte es überprüft – war es kein Geheimnis, dass Bernard Mandeville seit letztem Sonntag vermisst wurde. In den Nachrichten hatte man darüber berichtet, und die Polizei war eingeschaltet.

Bisher ohne Ergebnis.

»Interessante Landschaft hier draußen«, sagte Jack. »Ich glaube nicht, dass ich schon mal in dieser Gegend war.«

»Ist auch schwer, hier zu wandern – bei all den Mauern und Toren. *Sehr* exklusiv, Jack. Ich muss zugeben, dass ich mich darauf freue, das Anwesen zu sehen.«

»Mandeville Towers. Klingt wie ein Bauwerk aus einer Robin-Hood-Geschichte.«

»Hm, ich bezweifle, dass es so alt ist. Eher ein viktorianischer Klotz. Wenn wir näher dran sind, wirst du sehen, dass die Mauer drum herum alles sehr effektiv verbirgt.«

»Ich liebe es, Teile von deiner Welt zu entdecken, die mir immer noch neu sind.«

Darüber musste Sarah lachen. »Was immer schwieriger wird!«

Sie blickte auf. Die Sonne war noch nicht untergegangen, denn es galt immer noch die Sommerzeit. Aber sie würden im Dunkeln nach Hause fahren. Daniel war zum Abendessen bei einem Freund.

Es gab dieser Tage nicht mehr oft einen Grund für Sarah, dass sie rechtzeitig zu Hause sein musste, um Essen zu machen.

Aber vielleicht war heute eine gute Gelegenheit, mal wieder ausgiebiger mit Jack zu reden. Sie könnten hinterher zusammen im Dorf essen gehen.

Das letzte Mal war schon länger her, und sie fand es nie gut, wenn mehr als ein, zwei Wochen vergangen waren, ohne dass sie sich einmal in aller Ruhe hingesetzt und miteinander geredet hatten.

»Ah, lasset die Mauern beginnen!«

Jetzt sah sie, warum Jack langsamer wurde. Irgendwo in dieser über drei Meter hohen Mauer, die parallel zur Straße verlief, musste es ein Tor geben.

Und irgendein Zugangssystem, wahrscheinlich mit Sicherheitskameras.

»Vielleicht fährst du lieber noch langsamer, Jack. Ich glaube, es ist gleich da vorn.«

Jack nahm den Fuß vom Gaspedal seines kleinen Sportwagens, sodass der kalte Fahrtwind an Schärfe verlor.

Ich werde definitiv darum bitten, dass auf der Rückfahrt das Verdeck hochgeklappt wird, nahm Sarah sich vor.

Bis …

»Da ist es. Gleich da vorn.«

Jack wurde noch langsamer, bog von der Straße ab und fuhr auf ein Tor zu, vor dem er anhielt.

Sarah sah die Gegensprechanlage rechts, und Jack rollte ein Stück näher ran.

»Das ist mal ein Tor!«

Sarahs Blick fiel auf seine schwarze Cordhose, die von Schlammflecken gesprenkelt war; wahrscheinlich rührten die von seinem morgendlichen Spaziergang mit seinem Hund Riley her.

»Tee in einem Herrenhaus«, sagte sie. »Ich bin nicht sicher, ob wir passend gekleidet sind.«

Womit sie Jack zum Lachen brachte.

Er streckte einen Arm vor und drückte den Rufknopf.

Es meldete sich eine strenge Stimme. »Ja?«

»Jack Brennan und Sarah Edwards. Wir ...«

Den Satz brauchte er nicht zu beenden, denn das Tor ging bereits surrend auf, und dann erklang die Stimme wieder.

»Fahren Sie direkt durch zum Haupthaus.« Nach einer kurzen Pause wurde hinzugefügt: »Wir erwarten Sie.«

Und als das Tor ganz offen war, sah Sarah, dass Jack tief Luft holte, bevor er auf den Kiesweg fuhr.

Beide waren gespannt zu sehen, was für ein Herrenhaus auf der anderen Seite der Mauer stehen mochte.

4. Das Geheimnis von Mandeville Towers

In den letzten Jahren, die sie gemeinsam ermittelten, hatten Jack und Sarah schon eine Menge Herrenhäuser außerhalb von Cherringham gesehen.

Als sie nun vor den breiten Eingangsstufen von Mandeville Towers anhielten, wollte Jack dennoch behaupten, dass dies hier den Vogel abschoss.

Er und Sarah stiegen aus dem Wagen und … konnten nicht anders, als das Bauwerk anzustarren.

Mandeville Towers stand auf einem Hügel, von dem aus man die Landschaft meilenweit überblicken konnte, und wurde seinem Namen allemal gerecht. Wie eine Fantasie-Version einer mittelalterlichen deutschen Burg, ragte das Gebäude hoch empor und war mit etlichen Schornsteinen, Rundtürmen und tiefgezogenen Dächern errichtet worden – fünf waren bisher zu sehen, aber wer wusste schon, ob hinten nicht noch mehr waren?

Und statt aus warmem Cotswolds-Sandstein, wie es in dieser Region üblich war, bestand dieses Bauwerk aus grauem Granit und Schiefer.

Stille – einzig das Ticken des abkühlenden Motors war zu hören.

»Nicht direkt eine herzliche Begrüßung«, sagte Sarah. »Komm!«

Jack folgte ihr die Stufen hinauf zur massiven Haustür, die mit schweren schwarzen Eisenbändern beschlagen und fest in der Mauer verankert war.

»Wenn es das nächste Mal eine Invasion gibt, erinnere mich dran, dass ich hierher fliehe«, witzelte Jack.

Dann bemerkte er den zu großen Zug an der Wand, neben dem ein Schild »Ziehen« befahl.

»Tun wir mal lieber, was der Herr sagt«, meinte Jack und zog fest.

Tief im Innern des Gebäudes läutete eine Glocke. Jack grinste. »Hörst du das? Die brauchen zehn Minuten, bis sie hier sind!«

Doch kaum zwei Sekunden später ging die Tür auf, und es erschien ein makellos gekleideter Butler.

Der Mann muss hinter der Tür gelauert haben, dachte Jack. *Hinterhältig!*

Jack sah, dass der Mann sie beide musterte und der Blick sofort zu den Matschflecken auf seiner Hose wanderte, worauf sich ein kleines Stirnrunzeln einstellte, gefolgt von einem unverhohlen abfälligen Blick. Es trat eine Pause ein. Dann kam:

»*Sir*, Madam, darf ich bitten?«

Jack folgte Sarah, als sie eintrat. Der Butler schloss die Tür hinter ihnen. Dann ging er an ihnen vorbei und voraus durch eine eindrucksvolle, marmorgeflieste Eingangshalle. Jack sah zwei elegant geschwungene Treppenaufgänge, die zu einer Art Galeriegang führten, wo eine ganze Reihe von Porträts hing.

»Eindrucksvolles Haus«, sagte Jack lächelnd zu dem Butler.

Der Mann blickte ihn mit müden Augen an.

»Die Familie empfängt Sie im Salon«, antwortete er. »Hier entlang, bitte.«

Jack zwinkerte Sarah zu, und sie folgten dem Butler einen breiten Korridor entlang zu einer großen Flügeltür, die er aufschob. Er bedeutete ihnen, in den Raum dahinter einzutreten.

Der Butler, der sich keinerlei Mühe gab, seine Verachtung für sich zu behalten, entsprach jedem Klischee von einem höheren Bediensteten.

»Danke, mein Freund«, sagte Jack, abermals lächelnd, und klopfte dem Mann auf die Schulter.

Während der Butler erschrocken zusammenzuckte, wandte Jack sich um und betrat hinter Sarah den Raum.

Für einen Moment hatte Jack das Gefühl, in einen alten Schwarz-Weiß-Film hineingeraten zu sein, der Hollywoods Vorstellung von englischer Aristokratie in Szene setzte. Der Raum war schlichtweg riesig. Eichendielen, Teppiche und Läufer überall, bodentiefe Fenster, zwei verschiedene Sitzbereiche, ein Esstisch, ein Eichenschreibtisch, Porträts, Kronleuchter …

Das volle Programm.

Vor einem gemauerten Kamin, der so groß wie ein Kleintransporter war, standen zwei Sofas, auf denen jeweils eine Frau saß. Und das so regungslos, als würden gerade Porträts von den beiden gemalt. Eine war groß, hatte blondes Haar, war mit jeder Menge Schmuck behangen und trug eine weiße Bluse zu einem roten Rock. Die andere war kräftiger, dunkelhaarig und in Tweed, als wollte sie gleich auf ein Pferd steigen und aus dem Zimmer reiten.

Beide in den Vierzigern, schätzte Jack.

Die Türen hinter Jack und Sarah schlossen sich – einen Tick zu laut –, und nun standen beide Frauen auf.

»Sarah! Ich bin so froh, dass Sie gekommen sind«, sagte die große Blonde, die auf Sarah zuging und ihr die Hand reichte.

»Gern geschehen«, antwortete Sarah und drehte sich um. »Mein Kollege Jack Brennan. Jack – Lucinda Blaine.«

»Sehr erfreut, Ms Blaine.«

»Lucinda, bitte.«

Sie trat näher zu Jack, sah ihn fasziniert an und ergriff seine Rechte mit ihren beiden Händen.

»Jack, ich habe Freunde im Dorf, die eine sehr hohe Meinung von Ihnen haben.«

Er sah, dass Sarah eine Augenbraue hochzog, und musste sich ein Grinsen verkneifen.

»Es ist alles wahr, Lucinda«, sagte er und neigte sich ein wenig vor. »Jedes Wort. Zumindest das Gute, was gesprochen wird.«

Er wich ein wenig zurück, als die dunkelhaarige Frau kam und ihm die Hand entgegenstreckte, womit Lucinda gezwungen war, ihn loszulassen.

»Nüchtern« wäre eine passende Beschreibung für die zweite Dame.

»Eve«, sagte sie und schüttelte Jack fest die Hand. »Sie sind Amerikaner.«

»Schuldig im Sinne der Anklage«, erwiderte er. »Ist das ein Problem?«

»Nicht für mich«, erklärte Eve und sah stirnrunzelnd ihre Schwester an, als wartete sie auf deren Bestätigung.

Jack entging nicht der irritierte Blick von Sarah, die hinter Eve stand.

»Ich nehme an, Sie trinken einen Tee mit uns?«, fragte Eve, wieder an Jack gewandt.

»Tee?«, erklang eine männliche Stimme aus der hinteren Ecke des Raumes. »Ich bin sicher, dass unser amerikanischer Freund etwas Stärkeres vorzieht, oder?«

Jack drehte sich um. Das Zimmer war so groß, dass er die Person, die am hinteren Fenster saß, nicht einmal bemerkt hatte.

Der Mann stand auf und trat zu ihnen. Er war groß, dünn, hatte strähniges dunkles Haar und trug einen dunklen Anzug. Er war blass, jünger als die beiden

Frauen und hielt ein Kristallglas in der Hand. Scotch? Brandy?

Offensichtlich dem Motto verhaftet, dass es immer irgendwo schon fünf Uhr ist.

Ein Nachtgeschöpf, dachte Jack, der sich plötzlich an ähnliche junge Typen aus seinen Jahren bei der Polizei erinnert fühlte, die rund um die Uhr in den Nobelbars von New York herumhingen.

»Mein Bruder Theo«, sagte Eve und schritt zum Kamin. Daneben hing ein breites Band mit einer Quaste, an dem sie zog. »Er hat ein kleines Alkoholproblem.«

Der Mann ignorierte die Spitze.

»Theophilus«, korrigierte er sie und ging zunächst nicht zu Jack, sondern zu Sarah. Er ergriff ihre Hand und trat ein wenig zu nahe an sie heran. »Ist mir ein Vergnügen. Ich vermute, Sie sind der Kopf dieser kleinen Detektivpartnerschaft?«

Dann ließ er ihre Hand los und drehte sich zu Jack um.

»Und Sie – der Mann mit den Muskeln? Fürs Grobe?«, fragte er und kam nun Jack so nahe, als wollte er dessen Muskelkraft überprüfen.

»Ich?« Jack sah ihn direkt an. »Oh, ich bin ein zahmes Kätzchen.«

»Mit Jack legt man sich lieber nicht an«, erklärte Sarah. »Er war früher Detective in New York.«

»Holla!«, sagte Theophilus. »Ein echter *Noo Yooorker* Cop, hier in Mandeville Towers.«

Jack quittierte den furchtbaren amerikanischen Akzent mit einem höflichen Lächeln. Für einen Moment rechnete er damit, dass Theophilus tatsächlich seine Armmuskeln befühlen würde; aber Eve schritt dazwischen.

»Ach, um Himmels willen, Theo! Wir sind hier, um

Daddy zu finden, nicht, um alberne Spielchen zu veranstalten.«

Jack beobachtete, wie Theophilus sich zu seiner Schwester umdrehte und auf sie losging.

»Ich *weiß*, ja, das weiß ich. Immerhin bin ich derjenige, der ihn angeblich verloren hat, nicht? *Mir* musst du keinen Vortrag darüber halten, in was für einem Schlamassel wir stecken. Aber wieso wir keine *richtige* Detektei aus London anheuern können, ist mir völlig schleierhaft.«

»Das gehen wir jetzt nicht noch mal alles durch«, sagte Lucinda.

»Ganz richtig, das tun wir garantiert nicht«, stimmte Eve ihr zu. »Mein Gott, Theo, versuch bitte, nicht zu betrunken zu werden – wenigstens nicht, solange unsere Gäste hier sind!«

»Unsere Gäste? *Eure* Gäste, meinst du wohl! Ach, das ist echt zu viel!«

Jack schaute zu, wie er sich wegdrehte und sich auf eines der Sofas warf. Dort holte er sein Smartphone hervor, auf dessen Display er mit dramatischen Gesten umherwischte, wobei er mehrfach laut seufzte.

In diesem Augenblick ging die Tür auf, und ein formvollendet gekleidetes Dienstmädchen brachte ein Teetablett herein.

»Ah, perfektes Timing, Mary«, sagte Lucinda und wandte sich wieder an Jack und Sarah. »Wie wäre es, wenn wir uns an den Tisch setzen und Eve und ich Ihnen genau erzählen, was an dem Tag geschehen ist, als Daddy verschwand?«

»Gute Idee«, antwortete Jack. Und während sie zu dem Tisch hinten am Fenster gingen, sah er, dass Sarah diskret die Augen verdrehte, als wollte sie sagen: *Willkommen im Irrenhaus!*

Sarah legte ihren Stift und den Notizblock hin und trank einen Schluck Tee. »Also, nur um sicherzugehen, dass ich alles richtig mitbekommen habe, wiederhole ich noch einmal …«

Sarah blickte die Familie an, während sie die Geschichte wiedergab, die ihnen erzählt worden war. Sie wusste, dass Jack die anderen gleichfalls aufmerksam beobachtete.

»Letzter Sonntag, Great Cotswolds Steam Railway, Abfahrt um halb neun. Ihr Vater saß allein in einem Erste-Klasse-Abteil, wie üblich. Es gibt Zeugen, die ihn auf der Fahrt nach Cheltenham gesehen haben. Und die Mitarbeiter in Cheltenham sind sich sicher, dass dort niemand aus dem Zug gestiegen ist.«

Sie sah kurz zu Jack, ob er übernehmen wollte. Er nickte nur.

»Der Zug hält auf der Strecke zwischen Cherringham Junction und Cheltenham nicht – weder auf dem Hin- noch auf dem Rückweg. Und dann, als er wieder in Cherringham ankam, war Ihr Vater nicht mehr da. Die Polizei ging die Strecke am nächsten Tag ab und suchte auf den Feldern zu beiden Seiten nach Spuren, fand aber nichts.«

»Ja«, bestätigte Lucinda. »Das ist so ziemlich alles.«

»Hat die Polizei auch den Zug abgesucht?«, fragte Jack.

»Ja«, antwortete Eve. »Und natürlich waren wir an dem Vormittag unten am Bahnhof und haben dafür gesorgt, dass jeder Zentimeter im Zug gründlich untersucht wurde.«

»Und es ist vollkommen ausgeschlossen, dass Theo Mr Mandeville am Bahnhof verpasst haben könnte, als er ihn abholen wollte?«

»Ich bin immer noch hier, verdammt noch mal!«, empörte sich Theo, der vom Sofa aufblickte. »Und, nein, ich habe ihn nicht verpasst. Er ist nicht aus dem *verfluchten* Zug gestiegen!«

»Übrigens erinnert sich auch niemand vom Zugpersonal, ihn beim Aussteigen gesehen zu haben«, sagte Eve. »Die Polizei erzählte uns, dass die Aufzeichnungen der Sicherheitskameras in Cherringham Junction und Cheltenham überprüft wurden. Keine Spur. Nichts.«

»Verzeihen Sie die Frage, aber wie klar bei Verstand ist Ihr Vater? Könnte er verwirrt gewesen sein, sich am Bahnhof verlaufen haben? Die fortströmende Menge der Fahrgäste ihn mitgerissen haben und es passiert sein, dass er sich von ihr hat irgendwohin treiben lassen? Die Sicherheitskameras sind nicht unfehlbar.«

»Daddy geht es nicht gut«, offenbarte Eve. »Doch es ist ein körperliches Gebrechen, kein geistiges.«

»Was genau fehlt ihm?«

Sarah bemerkte, dass die beiden Frauen einen Blick wechselten.

»Entschuldigung«, sagte sie. »Ich will nicht aufdringlich sein, aber was es auch ist, wir müssen es wissen.«

»Das verstehe ich«, antwortete Lucinda. »Die Sache ist die, dass Daddy schon über ein Jahr krank war, ehe wir endlich das Problem in den Griff bekamen. Der hiesige Arzt Dr. Finch … kennen Sie ihn?«

»Ja, natürlich«, sagte Sarah. »Er ist seit Jahren unser Hausarzt.«

»Hm«, machte Eve, was in Sarahs Ohren wie ein Ausdruck der Geringschätzung klang.

»Gab es Schwierigkeiten mit Dr. Finch?«

»Kann man wohl laut sagen«, erwiderte Eve. »Finch mag völlig in Ordnung sein, wenn man mit Röteln oder einem entzündeten Nagelbett zu ihm geht. Aber Ernsteres? Lassen Sie sich gesagt sein, da sind Sie mit Google besser bedient.«

»Aha«, sagte Sarah. »Tut mir leid, das zu hören.«

Tatsächlich fand sie diese Einschätzung von Finch ... ziemlich überraschend; denn sie vertraute dem Arzt und respektierte ihn. Er war niemand, von dem sie glaubte, dass er etwas übersah.

»Was waren die Symptome Ihres Vaters?«, erkundigte sich Jack.

»Schmerzen, nächtliche Krämpfe, Muskelabbau, Zittern, Schwäche, Kopfschmerzen – sehr starke Kopfschmerzen ...«, antwortete Lucinda.

»Zuerst spielte er es herunter«, berichtete Eve. »Haltung wahren, Sie wissen schon. Eine Eigenschaft, die ich übrigens bewundere.«

»Finch machte einige Untersuchungen und fand nichts«, sagte Lucinda.

»Dämlicher Idiot!«, rief Theo vom Sofa. »Ich würde von dem Schwachkopf nicht mal meinen Esel behandeln lassen, einen Menschen ganz zu schweigen. Immer vorausgesetzt natürlich, ich hätte einen Esel, was nicht der Fall ist.«

Theo lachte über seinen Witz.

Sarah sah hinüber zu ihm. Die Schwestern starrten ihn an, und er widmete sich wieder seinem Handy.

Auf Facebook muss heute eine Menge los sein.

»Wenn Daddy ausging, war er von Mal zu Mal schneller erschöpft«, erzählte Eve. »Am Ende hatten wir einen Spezialisten aus der Harley Street kommen lassen, um ihn zu untersuchen.«

»Das Beste, was wir je getan haben«, hob Lucinda hervor.

»Wie hieß er?«, fragte Sarah, die ihren Notizblock bereit hatte.

»Dr. McTavish«, antwortete Eve. »Eine Woche später hatten wir – endlich! – eine Diagnose. Amyotrophe Lateralsklerose.«

»Aha«, sagte Sarah. »Ich glaube nicht, dass ich davon schon mal gehört habe …«

»Wundert mich nicht«, meinte Eve. »Es ist eine neurologische Erkrankung.«

»Und verlangt viel Pflege und Ruhe«, ergänzte Lucinda.

»Leider ist sie fortschreitend«, sagte Eve.

»Und unheilbar«, fügte ihre Schwester hinzu.

Sarah sah die beiden Frauen an, deren brüske, sachliche Art für kurze Zeit verschwunden war. Sie schienen den Tränen nahe.

Doch sie weinten nicht.

Sarah ließ einen Moment verstreichen, ehe sie fragte: »Gehe ich recht in der Annahme, dass Ihr Vater eher nicht allein aus dem Zug gekommen wäre?«

»Nicht bloß ›eher nicht‹«, antwortete Eve. »Es ist ausgeschlossen. Er konnte kaum zwanzig Meter gehen, ohne dass Seddon ihn stützte.«

»Seddon?«

»Der Butler«, erklärte Eve. »Jedenfalls konnte Daddy ganz sicher ohne Hilfe keine Zugtür öffnen.«

»Und ein Zugfenster?«, fragte Sarah.

»Ach, Herrgott noch mal!«, regte sich Theo auf. »Müssen wir für Sie jedes einzelne Wort buchstabieren? Daddy war ein beknackter Krüppel – kapieren Sie das nicht? Total fertig! Am Ende! Kaputt!«

Sarah sah hinüber zu Jack und zurück zu Lucinda und Eve. Lucinda hatte das Gesicht in den Händen vergraben.

»Ich verstehe, wie schrecklich das für Sie alle sein

muss«, sagte sie. »Aber ich frage mich, ob Sie uns vielleicht das Zimmer Ihres Vaters zeigen könnten.«

»Wie bitte?«, entgegnete Eve, die Augen weit aufgerissen. »Wozu das denn?«

»Es ist das übliche Vorgehen«, erklärte Jack. »Auf die Weise bekommen wir ein klareres Bild von ihm. Vielleicht gibt es in dem Zimmer Hinweise darauf, was geschehen sein könnte.«

»Sie haben sich all die Notizen gemacht und immer noch keine Ahnung?«, fragte Lucinda.

»Überhaupt keine«, antwortete Jack, und Sarah nickte zustimmend.

»Wundert mich nicht«, sagte Theo, ohne von seinem Handy aufzusehen. »New York Detective … pah!«

»Mein Gott noch mal, Theo, hältst du bitte den Mund!«, herrschte Eve ihn an und wandte sich dann wieder zu Jack und Sarah.

»Noch einmal, ich entschuldige mich für meinen betrunkenen Schwachkopf von Bruder.«

Sarah rang sich ein Lächeln ab.

»Wenn es Ihnen nichts ausmacht … Bernards Zimmer? Und vielleicht einige der anderen im Haus?«

Eve legte eine Hand auf die Schulter ihrer Schwester. Lucinda blickte auf und nickte.

»Ja. Ja, natürlich«, sagte sie und stand auf. »Kommen Sie mit!«

Sarah erhob sich, und Jack folgte ihr.

Als Eve zu ihnen trat, beschied sie ihrem Bruder: »*Dich* brauchen wir nicht, Theo. Wie wäre es, wenn du hierbleibst und versuchst, nüchtern zu werden?«

»Sicher doch«, antwortete Theo, griff nach seinem Whiskyglas und leerte es.

Eve schüttelte den Kopf und marschierte zur Tür.

Sarah sah Jack an, dann warteten sie auf Lucinda und folgten den beiden Schwestern auf den Korridor.

Sie fragten sich, mit welchen Überraschungen der Rest des Hauses aufwarten würde.

5. Zimmer mit Aussicht

Zu viert gingen sie eine der großen Treppen hinauf – Jack und Lucinda nebeneinander, ein paar Stufen hinter ihnen Sarah und Eve.

Jack mochte keinen Schimmer haben, was mit dem alten Bernard geschehen war, aber er genoss es, das Herrenhaus zu besichtigen.

Ein ziemlicher Palast …

Im Gehen betrachtete er die Reihe an großen Ahnenporträts, die sich bis zum ersten Stock zog.

»Wie es aussieht, gibt es die Mandevilles schon eine ganze Weile«, bemerkte er.

»Das Haus wurde in den 1870ern gebaut«, erzählte Lucinda. »Davor hatte die Familie ein großes Anwesen in der Nähe von Oxford.«

»Es ist hoffentlich keine zu persönliche Frage«, sagte Sarah, »aber ist Mrs Mandeville …?«

»Unsere Mutter starb vor zwei Jahren«, antwortete Eve.

»Das tut mir leid.«

Jack wartete auf mehr Informationen von den beiden Schwestern, die jedoch nicht kamen.

Als sie den ersten Stock erreicht hatten, bewegte irgendein Instinkt Jack dazu, nach unten in die Marmorhalle zu schauen.

Seddon, der Butler, stand dort und blickte zu Jack nach oben. Er hatte ein kleines weißes Handtuch über dem Arm. Während Jack hinsah, erschien das Dienstmädchen Mary aus einem Seitenzimmer, trat nahe an Seddon heran und begann mit ihm zu reden.

Seddon murmelte etwas, worauf Mary abrupt verstummte und ebenfalls zu Jack hinaufschaute.

Noch ein Wort von Seddon, und sie huschte davon.

Interessant, dachte Jack. *Irgendwas geht zwischen den beiden vor …*

»Hier entlang«, sagte Lucinda.

Jack drehte sich um. Ein langer, mit Teppich ausgelegter Korridor führte zu beiden Seiten von der Galerie weg, und an den jeweiligen Enden waren hohe Buntglasfenster.

Lucinda und Eve hatten sich bereits nach rechts gewandt und schritten durch den Flur.

Jack eilte zu Sarah und folgte mit ihr den beiden Hausherrinnen, zu denen sie ungefähr in der Mitte des rechten Korridorabschnitts aufschlossen.

»Verzeihung, aber im Moment leben keine anderen Familienmitglieder im Haus außer Ihnen beiden und Theo?«, fragte er, als sie Tür um Tür passierten, Ahnenporträt um Ahnenporträt.

»Nein«, erwiderte Eve.

»Was ist mit Bediensteten?«, erkundigte er sich.

»Wir haben einen Gärtner und ein oder zwei Leute in der Küche – die wohnen aber alle in Cherringham«, antwortete Lucinda.

»Und Seddon und Mary?«

»Sie haben früher drüben in Barton gewohnt«, sagte Eve. »Aber als Daddy krank wurde, sind sie hier in die Dienstbotenzimmer gezogen.«

»Wie lange sind sie schon bei Ihnen?«, fragte Sarah.

»Ein Jahr vielleicht?«, antwortete Lucinda.

»Sind sie ein Paar?«, wollte Jack wissen.

»Gütiger Himmel, nein!«, sagte Eve. »Mary ist Seddons Tochter.«

Jack sah Sarah an. Seddon war jemand, mit dem sie reden sollten.

»Hier ist Daddys Zimmer.« Eve blieb vor einer Tür stehen, öffnete sie und ging hinein.

Jack betrat hinter Sarah das Zimmer und blickte sich aufmerksam um. Es war ein riesiger Raum mit zwei hohen Bogenfenstern, die einen freien Blick über das offene Tal boten. Eingerichtet war es mit einem großen Doppelbett, Läufern, Gemälden – und es gab eine Tür zu einem privaten Badezimmer.

Lucinda trat an eines der Fenster.

»Daddy liebt es, den Zügen zuzuschauen«, sagte sie. »Sehen Sie – da ist gerade einer!«

Jack ging zu ihr.

Ein paar Meilen entfernt, jenseits der Felder und Haine, sah er eine alte Lokomotive aus einer Senke kommen; Rauch und Dampf quollen in dicken Wolken empor.

»Klingt nach einem echten Fan«, merkte Sarah dazu an. »Hatte er irgendeinen beruflichen Bezug zur Eisenbahn?«

»Nein«, antwortete Lucinda. »Er hat früher in der City gearbeitet.«

»Aber er liebt Züge, und das schon seit seiner Kindheit«, berichtete Eve, die sich in einen kleinen Sessel in der Zimmerecke setzte. »Er hat immer noch seine Modelleisenbahn oben auf dem Dachboden.«

»Ach ja?«, fragte Jack. »Dürften wir uns die vielleicht später ansehen?«

Da war ein Stocken, wie Jack auffiel. Und dann antwortete Eve achselzuckend: »Ja, sicher.«

Jack schritt durch das Zimmer und blieb an einer großen Kommode stehen. Während er schon die Hand an einen der Schubladengriffe legte, sah er zu den Schwestern. »Darf ich?«

Noch ein Schulterzucken. Jack öffnete eine Schublade nach der anderen und überprüfte den Inhalt: eine spärliche Menge an Hemden, Pullovern, Unterwäsche, Socken; alles säuberlich gebügelt und zusammengelegt. Eine kleine Schublade mit Kragen- und Manschettenknöpfen.

Nichts Ungewöhnliches.

Er durchquerte das Zimmer, wobei er darauf achtete, einen Blick mit Sarah zu wechseln, ehe er in den Kleiderschrank schaute. Aus dem Augenwinkel sah er, wie sich Sarah den Schwestern zuwandte, ihren Notizblock aufs Neue gezückt. Sie hatte die Botschaft verstanden.

Perfekt, dachte er. *Stell massenhaft Fragen. Gib mir Zeit, richtig hinzusehen.*

»Können Sie mir erzählen«, begann Sarah, »ob so etwas vorher schon vorgekommen ist? Dass er einfach loswanderte und verschwand?«

»Ich würde sagen, wenn dem so wäre, hätten wir es Ihnen gegenüber bereits erwähnt«, antwortete Eve hörbar gereizt.

»Und wie würden Sie Bernards Stimmung an dem Tag beschreiben, an dem er verschwunden ist?«

»Wie immer an einem Sonntag«, sagte Lucinda. »Aufgeregt wegen der Zugfahrt. Aber auch – wie üblich – deprimiert wegen seines körperlichen Zustands.«

»Ging er manchmal noch alleine aus?«

»Haben Sie nicht zugehört? Er war zu *gebrechlich*«, entgegnete Eve. »Bei mildem Wetter saß er manchmal im Garten. Aber er ging nie weiter weg, ohne dass einer von uns bei ihm war.«

Während Sarah weiter Fragen stellte, öffnete Jack den kleinen Sekretär.

Alles war sauber und ordentlich. Stifte, Papier, Umschläge. Nicht ein einziger kleiner Gegenstand, der etwas Persönliches darstellte.

Eher wie in einem Hotelzimmer, dachte er. *Oder in einem Zimmer, aus dem alle Beweisstücke entfernt wurden …*

Komisch.

Zu beiden Seiten des Bettes standen Nachtschränke. Jack öffnete beide, und sie waren beinahe leer.

Nicht mal Bettlektüre …

Er ging ins Bad. Hier waren überall Metallgriffe an den Wänden, an denen man sich festhalten konnte. *Was sinnvoll ist …*

Und neben der Badewanne war eine Art Hebevorrichtung, wohl um Bernard in das Wasser zu befördern und wieder rauszuholen.

Nachdem er sich kurz umgeschaut hatte, öffnete Jack den Spiegelschrank. Da war nichts, außer einem einsamen Rasierer und Rasierschaum. Eine Zahnbürste. Keine Medikamente, nichts außer dem üblichen Sammelsurium an Salben, Fläschchen und Tuben, die in jedem normalen Badezimmerschrank waren. Keine verschriebenen Arzneien, nicht mal Schmerzmittel.

Den Kram müssen sie irgendwo unter Verschluss halten, dachte Jack.

Er blickte sich ein letztes Mal um, ehe er zurück ins Schlafzimmer ging. Sarah schienen die Fragen ausgegangen zu sein.

Und ihm ebenfalls – obwohl es noch einen Raum gab, den er sich ansehen wollte.

»Die Modelleisenbahn?«, fragte er. »Ist die im Haus?«

»Auf dem Dachboden«, antwortete Eve, wobei sie demonstrativ auf ihre Uhr sah.

»Nur ein kurzer Blick«, beteuerte Jack mit einem Lächeln. »Wenn es Ihnen nichts ausmacht. Sicher wollen Sie alle wieder los und nach Bernard suchen, aber da Sarah und ich schon mal hier sind, sollten wir auch gründlich sein.«

»Selbstverständlich«, sagte Lucinda und ging zur Tür. »Hier entlang.«

Sarah beobachtete, wie Jack sich bücken musste, um durch die niedrige Tür zu treten. Selbst für sie war es ein winziger Durchgang.

»Früher waren hier oben ebenfalls Dienstbotenzimmer«, erklärte Eve. »Daddy hat die Wände durchbrechen lassen, um seine Anlage aufzubauen.«

»Sein ganzer Stolz«, betonte Lucinda.

Sarah blickte sich um. Das einzige Licht in dem Raum unter dem Dachgiebel kam durch ein winziges Fenster und erhellte eine etwa fünfundzwanzig Quadratmeter große Fläche mit einer Eisenbahnanlage auf Tischhöhe.

Sie trat näher heran.

»Sieh mal, da ist Cherringham!«, rief sie und zeigte auf ein Dorf am Rand der Anlage. »Oder zumindest ein Teil davon.«

»Daddy hat einige Cotswolds-Bereiche zusammengemischt«, sagte Eve.

»Verblüffend.« Jack beugte sich nach unten und betrachtete den Flussabschnitt nahe der Cherringham Bridge. »Funktioniert die noch?«

Sarah sah, wie Eve zum Schaltkasten ging und kleine Hebel umlegte. Eine nach der anderen leuchteten die Laternen im Dorf, am Bahnhof und an den Straßen auf …

Jack ging hinüber zu Eve. »Ich hatte als Kind eine Modelleisenbahn. Natürlich nicht annähernd so groß, aber dasselbe Prinzip. Darf ich?«

Er griff nach einem der Schalter und drehte ihn. Hinten auf den Gleisen setzte sich ein Zug in Bewegung, und die Lichter in den Waggons gingen an.

Sarah schaute zu, wie der Zug eine Runde über die Gleise fuhr und in einem Tunnel verschwand.

Sie wartete, und wenige Sekunden später tauchte der Zug wieder auf. Jack dirigierte ihn zu einem Bahnhof und hielt ihn an. Dann trat er von dem Schaltkasten zurück und neben Lucinda und Eve.

»Eine Frage«, sagte er. »Ich wollte es ungern vor Ihrem Bruder ansprechen.«

»Sein Trinken?«, fragte Eve.

»Genau«, antwortete Jack. »Wir müssen wissen, wie verlässlich seine Angaben zu dem Tag sind. Könnte er etwas durcheinandergebracht haben? Seinen Vater verpasst haben, als er aus dem Zug stieg?«

Sarah beobachtete die beiden Frauen aufmerksam.

»Als wir hörten, was passiert war, war das ehrlich gesagt auch unser erster Gedanke«, gestand Lucinda.

»Aber zu viele Leute haben seine Geschichte bestätigt«, merkte Eve an.

»Was geschehen ist, ist geschehen«, stellte Lucinda fest.

Jack nickte. Er hatte diesen Raum eindeutig gewählt, um weit weg von dem Bruder und den Bediensteten einige Dinge ansprechen zu können.

»Okay«, sagte er. »Zweite Frage: Wie wohlhabend ist Ihr Vater? Ich meine nicht, was dieses Haus wert ist, sondern ob die Familie, müsste sie rasch Geld auftreiben, es könnte? Und wäre das allgemein bekannt?«

»Oh Gott!« Lucinda wich einen Schritt zurück. »Sie denken doch nicht … dass er entführt wurde?«

Sarah achtete auf ihre Reaktion. Falls Lucinda nicht sehr gut schauspielern konnte, war diese Frau ehrlich geschockt. Dann sah sie zu Eve, die langsam nickte. Ihre Miene gab nichts preis.

»Daddy hat ein umfangreiches Portfolio an Aktien und Geldanlagen«, vertraute sie ihnen an. »Ich könnte mir vorstellen, dass sich davon manches auch kurzfristig liquidieren ließe. An die eine Million? Vielleicht zwei?«

»Und wenn Sie mehr Zeit hätten?«, fragte Sarah.

»Zehn? Zwanzig?«, antwortete Eve.

Jack stieß einen leisen Pfiff aus.

»Aber, Mr Brennan«, sagte Eve, »eine offensichtliche Frage. Wenn Daddy entführt wurde, warum gibt es keine Lösegeldforderung? Es ist fast eine Woche her.«

Jack zuckte mit den Schultern. »Manchmal warten Kidnapper, bis sich der erste Trubel gelegt hat. Eine Woche. Einen Monat – so was lässt sich nicht genau sagen. Sie warten, und sie beobachten.«

»Oh Gott«, hauchte Lucinda wieder. »Glauben Sie, es könnten Leute irgendwo da draußen sein, die uns jetzt gerade beobachten?«

»Möglich wäre es«, antwortete Jack. »Aber sollte das der Fall sein – dann betrachten Sie es mal so: Es würde unsere Chance verbessern, sie zu bekommen und Ihren Vater zu finden.«

»Stimmt! Und deshalb sind Sie hier«, sagte Eve. »Also, können wir dann wieder nach unten gehen? Dieser Raum …«

Sarah sah ihr an, dass ihr hier oben nicht wohl war. Vielleicht waren hier zu viele Erinnerungen an ihren Vater.

»Ich denke, wir sind dann fürs Erste fertig. Was meinst du, Jack?«

»Klar. Wir müssen los und uns einen Plan überlegen.«

Sie gingen zurück zur Tür. Jack blieb vor einem kleinen Fernseher stehen, neben dem ein Stapel DVDs stand.

»Interessante Sammlung«, sagte er, als er einige der Titel las. »*Mord im Orient-Express. Manche mögen's heiß. Der erste große Eisenbahnraub. Der Fremde im Zug* …«

»In allen Filmen kommen Züge vor«, stellte Sarah fest.

»Daddy mochte nur solche Filme«, merkte Eve an.

»Wir sehen uns unten«, sagte Lucinda und ging voraus zur Treppe.

Seddon zog die schwere Haustür auf, und Jack und Sarah traten hinaus auf die breiten Steinstufen. Die Sonne ging unter, und Jack sah, dass tiefer Nebel über die Ebene kroch, die sich über Meilen hinzog.

»Es war schrecklich nett von Ihnen zu kommen«, erklang Lucindas Stimme hinter ihnen. Sie drehten sich um und schüttelten beiden Schwestern die Hände.

»Grüßen Sie Ihren Bruder von mir«, sagte Jack.

Er sah beide Schwestern nicken und die Augen verdrehen. Dann schaute Jack zum Butler, der wartend dastand.

Und zuhörte …

Eve bemerkte Jacks Blick und wandte sich ihrem Butler zu: »Das wäre dann *alles*, Seddon. Wir können unsere Gäste verabschieden, danke!«

»Ma'am.« Seddon verzog keine Miene und schlüpfte zurück ins Haus.

»Ähm, eine letzte Frage noch«, sagte Jack. »Hatten Sie in den letzten Monaten irgendwelche unerwarteten Besucher im Haus? Jemand … Ungewöhnliches?«

Sofort wechselten die beiden Frauen einen Blick.

Manchmal trifft ein Schuss ins Blaue genau ins Schwarze …

»Ja, tatsächlich«, antwortete Lucinda. »Da war jemand, vor ein paar Monaten.«

»Eine Frau …«

»Sehr merkwürdige Person! Sie behauptete, sie wäre eine alte Freundin von Daddy und zufällig in der Gegend, wollte ihn sehen …«

»Über alte Zeiten reden.«

»Und – war sie eine alte Freundin?«, fragte Sarah.

»Ganz und gar nicht!«, erwiderte Eve.

»Daddy sagte der Name nichts. Also haben wir sie weggeschickt.«

»Hat Sie sich wieder gemeldet?«, hakte Jack nach.

»Wir konnten sie nicht loswerden!«, antwortete Lucinda. »Immer wieder rief sie an!«

»Wir mussten ihr sogar mit der Polizei drohen«, sagte Eve.

»Da hat sie aufgehört.«

»Wissen Sie den Namen?«, fragte Sarah.

»Hm, ich bin mir nicht sicher«, erwiderte Eve. »Laura irgendwas?«

»Grimoni vielleicht?« Lucinda versuchte sich zu erinnern. »Grisoni? Etwas in der Art.«

»Tja, falls Ihnen noch etwas dazu einfällt, sagen Sie uns bitte Bescheid. Bis dahin, wenn es noch andere Besucher gab, können Sie uns vielleicht eine Liste machen? Wir müssen die alle überprüfen. Und natürlich interessiert uns auch jeder Verdacht, den Sie haben könnten – was Bedienstete, Nachbarn oder Lieferanten betrifft. Sollte Mr Mandeville gekidnappt worden sein, wird es jemanden aus Ihrem engsten Umkreis geben, der geholfen hat.«

»Oh Gott«, seufzte Lucinda ein weiteres Mal. »Sie denken doch nicht …?«

»Um eines würde ich Sie bitten«, sagte Jack. »Behalten Sie das hier für sich. Und vor allem erwähnen Sie es bitte nicht Ihrem Bruder gegenüber. Wir wollen doch nicht, dass er mit irgendeinem Trinkkumpan darüber spricht.«

»Selbstverständlich«, versprach Eve. »Das leuchtet ein. Sollen wir sonst noch irgendwas tun?«

»Ich hoffe, dass ich mit meiner Vermutung falschliege«, antwortete Jack, »aber wenn nicht … Sollten sich die Entführer bei Ihnen melden, werden Sie entscheiden müssen, ob Sie die Polizei einschalten wollen oder nicht.«

»Und was wäre Ihr Rat?«

»Ich hoffe, dass es nicht dazu kommt«, erwiderte Jack. »Und hoffentlich haben wir aufgeklärt, wie Ihr Vater verschwinden konnte, bevor das geschieht. Und ich hoffe, dass wir ihn bis dahin wohlbehalten gefunden haben.«

»Das hoffe ich auch«, sagte Eve.

Jack wandte sich zu Sarah und nickte in Richtung Wagen. Sie verabschiedeten sich von den Schwestern, dann gingen sie die Stufen hinunter und stiegen ein.

Als er den Motor anließ, blickte er ein letztes Mal zu dem Haus, über das sich die Dämmerung senkte: zu den zwei Frauen an der Tür; zu Seddon, der sich ein Stück weiter seitlich an einem Fenster aufhielt, ein wenig verborgen im Schatten; und zu einem der großen Fenster des Salons, in dem sie sich alle begegnet waren und wo nun Theo mit dem Glas in der Hand stand und sie beobachtete.

Jack schaltete die Scheinwerfer ein, und sie fuhren die Kieseinfahrt hinunter; die kleinen Steine knirschten recht laut unter den rollenden Autoreifen. Als sie das automatische Tor erreichten, hielten sie an und warteten, dass es aufging.

Sarah sah ihn an.

»Ja?«, fragte er grinsend.

»Okay, eines ist klar«, sagte Sarah. »Bernard Mandeville hat nicht in dem Schlafzimmer geschlafen, oder?«

»Nein, das glaube ich auch nicht. Was bedeutet, dass sie uns belügen.«

»Aber warum?«

»Das ist eine gute Frage. Denn dies hier sieht für mich wie eine klassische Entführung aus.«

Das Tor öffnete sich, und sie fuhren hindurch. Auf der Hauptstraße nach Cherringham gab Jack Gas.

»Wir werden gut zu tun haben«, sagte er. »Es gibt eine Menge Leute, mit denen wir reden müssen.«

»Und eine Menge Leute, die wir überprüfen müssen«, ergänzte Sarah. »Ich wollte eigentlich ein Abendessen vorschlagen, doch jetzt denke ich, ich sollte lieber nach Hause und ein bisschen Klarschiff machen.«

»Haushaltspflichten?«

»Richtig geraten. Fußballsachen waschen, Kühlschrank aufstocken, putzen.«

Wenn sie einen Fall hatten, musste Sarah die zusätzlichen Stunden, die sie dafür aufwendete, irgendwie zwischen ihrem Job und ihrer Rolle als Mutter unterbringen, wie Jack nur zu gut wusste.

Hingegen musste er auf seinem Hausboot, der *Grey Goose*, lediglich dafür sorgen, dass sein Spaniel Riley seine zwei Spaziergänge pro Tag und sein Futter bekam.

Er sah kurz zu Sarah.

Sie blickte aus dem Fenster zu den sich verdunkelnden Feldern, die an ihnen vorbeirauschten. Dann drehte sie sich mit ernster Miene zu ihm um. »Und, Jack, etwas sagt mir, dass uns nicht viel Zeit bleibt.«

6. Der Schauplatz des Verbrechens

Sarah bog auf den beinahe leeren Parkplatz des Bahnhofs Cherringham Junction, von wo die Great Cotswolds Steam Railway abfuhr.

Sie hatte nicht geglaubt, dass sie hier schon mal gewesen war.

Doch nun fiel ihr wieder ein, dass sie Daniel mal zu einem Schulausflug hergebracht hatte, als er noch in der sechsten Klasse war: kurz nach ihrer Rückkehr nach Cherringham, wo sie mit zwei Kindern im Schlepptau bei ihren Eltern eingezogen war.

Die Zeit damals war ein Tiefpunkt in ihrem Leben gewesen. Sie hatte gerade eine hässliche Scheidung hinter sich gebracht und war mit zwei Kindern aus London zurück nach Cherringham gezogen.

»Fahren die heute überhaupt?«, unterbrach Jack ihre Gedanken.

Sie und Jack hatten beschlossen, dass es am besten wäre, wenn sie gleich am nächsten Morgen als Erstes den Schauplatz des geheimnisvollen Verschwindens von Bernard Mandeville aufsuchten.

Dabei war ihnen überhaupt nicht der Gedanke gekommen, dass der Zug eventuell an Werktagen nicht fahren könnte.

Doch nun, als sie hielt und die Handbremse anzog, sah Sarah die gigantische tannengrüne Lokomotive. Weiße Rauchschwaden stiegen von ihr auf, die vom Wind weggeweht wurden, der heute beständig blies.

»Ich glaube, ja. Das Riesending dort sieht jedenfalls so aus, als wäre es abfahrtbereit.«

Und als sie aus dem Wagen stiegen, konnten sie eine Handvoll Zuschauer sehen, die auf dem Bahnsteig standen und die Lok bewunderten.

»Ich muss sagen, dies dürfte wohl der unterhaltsamste Ort für den Beginn unserer Ermittlung sein«, merkte Jack an. »Alles klar?«

Sie nickte, und als sie zum Fahrkartenschalter gingen, dachte sie: *Wir hatten schon Fälle, bei denen es nur sehr wenige Anhaltspunkte gab …*

Aber dieser?

Sie hatte das Gefühl, dass sie rein gar nichts wussten, außer der nicht zu leugnenden Tatsache, dass Bernard Mandeville verschwunden war.

Jack blieb hinter ihr, als sie an das Schalterfenster trat; es hatte ein recht auffälliges Gitter, bei dem sie an ein Gefängnis erinnert wurde.

Ein adretter Mann in voller Uniform, die Mütze sehr gerade auf dem Kopf, stand an dem Fenster, anscheinend gefasst auf einen Fahrgastansturm … der offenbar nicht kam – zumindest nicht heute.

»Guten Morgen, Madam«, grüßte er sie mit einem strahlenden Lächeln.

»Guten Morgen«, erwiderte Sarah.

Schon jetzt hatte sie das Gefühl, hundert Jahre in der Zeit zurückgereist zu sein: die wartende Lokomotive ganz in der Nähe, aus deren Dampfmaschine Rauch aufstieg, und dazu die Stapel alter Lederkoffer auf dem Bahnsteig.

Und dieser Mann in seinem historischen Kostüm.

Jack trat einen Schritt näher und spitzte die Ohren.

»Ja, wir, ähm … wir würden Ihnen gerne ein paar Fragen stellen, wenn das geht.«

Hierauf verschwand natürlich das Lächeln des Bahnhofsvorstehers. Sarah blickte auf sein Namensschild aus Messing mit schwarzer Schrift.

Reg Syms.

»Mr Syms, wir untersuchen das Verschwinden von Bernard Mandeville. Im Auftrag seiner Familie.«

Syms schaute zur Seite. Vorübergehend fiel er aus seiner Rolle als Bahnhofsvorsteher aus längst vergangenen Zeiten.

»Ich habe – *ausführlich* – mit der Polizei gesprochen und ihr alles erzählt, was ich weiß. Was, wie ich wohl nicht eigens erwähnen muss, nicht viel ist!«

Jack beugte sich vor. Sarah bemerkte, dass ihr Partner sein spezielles Jack-Brennan-Lächeln zeigte, das ihr wohlbekannt war.

Definitiv entwaffnend.

Aber auch mit ein wenig Nachdruck. Die Leute neigten dazu, aufmerksam zu sein, wenn Jack sie so ansah.

»Mr Syms … *Reg* … die Familie ist äußerst besorgt. Ich meine, es ist ja nicht alltäglich, dass jemand einfach aus einem Zug verschwindet, oder? Also, wie wäre es, wenn Sie … uns den Gefallen tun und einige Fragen beantworten?«

Reg zögerte, dann holte er tief Luft.

»Na schön. Tim, Sie übernehmen das Fenster. Und Sie beide, kommen Sie herum zur Seitentür.«

Reg ging weg, und ein jüngerer Mann, der die gleiche Uniform wie er trug, nahm seinen Platz ein.

Jack drehte sich um, als der Bahnhofsvorsteher zum Seiteneingang des kleinen Bahnhofsbüros zeigte.

Er ging ein paar Schritte und wartete dann, bis Sarah ihn einholte.

»Nach dir. Ich glaube, mich mag er nicht besonders.«
Lachend ging Sarah voraus.

Die Tür führte in ein solch kleines, vollgestelltes Bahnhofsbüro, dass gerade genug Platz für die drei blieb, um relativ dicht beieinanderzustehen.

Über Regs Schulter hinweg sah Sarah zu Tim, der an dem Schalter stand und auf den Fahrgastansturm wartete, der sich nach wie vor nicht einstellte. Neben dem Mann befand sich ein ungenutzter Hocker.

In einer Ecke erblickte sie einen alten Monitor, auf dem das Bildmaterial von Überwachungskameras wiedergegeben wurde. Er war geteilt und zeigte gleichzeitig vier verschiedene Bahnhofsansichten.

Die Aufzeichnungen müssen wir uns ansehen, dachte sie.

»Na schön«, sagte Reg. »Was wollen Sie wissen?«

Sarah nahm ihren Notizblock heraus, was ihr noch einen mürrischen Blick vom Bahnhofsvorsteher einbrachte.

Und sie ging alle Fakten durch – wie sie ihnen von den Mandevilles genannt wurden.

»Ist das alles so weit richtig?«, fragte sie anschließend.

»Ja, ja, natürlich. Dieser Sohn von ihm, der ›Raucher‹, wie ich ihn nenne, stürmte schon auf den Zug zu, als er kaum angehalten hatte. Dann ist er an allen Wagen vorbeigerannt, hat durch die Fenster hineingeschaut und schließlich lauthals herumgebrüllt. Hat eine ziemliche Szene gemacht, sage ich Ihnen.«

Jack räusperte sich.

»Ich würde meinen, dass man ihm diese Reaktion nachsehen kann, hm? Es kommt ja nicht jeden Tag vor, dass man auf diese Weise seinen Vater verliert.«

Die humorvolle Färbung von Jacks Worten ging an

Reg vorbei. Sarah bemerkte, dass der andere Mann, Tim, immer wieder zu ihnen sah.

Obwohl sie sich leise unterhielten, dürfte er mühelos alles mitbekommen.

»Gibt es noch irgendwas, das wir ausgelassen haben? Etwas, das uns entgangen ist?«

Reg schüttelte den Kopf. »Nein. Ich sah Mr Mandeville am Fenster, als der Zug nach Cheltenham Racecourse abfuhr. Bei der Rückkehr des Zugs war er nicht mehr da. Meine Leute haben sofort alle Waggons abgesucht – nichts. Ich bin genauso ratlos wie alle anderen. Und ich muss sagen, dass es kein gutes Licht auf die Great Cotswolds Steam Railway wirft!«

»Klar doch«, sagte Jack. »Sie wollen ja nicht in den Ruf geraten, Fahrgäste zu verlieren.«

Wieder blieb Reg sehr ernst, und Sarah ahnte, warum.

»Sie kannten Mr Mandeville, nicht wahr? War er so etwas wie ein Stammgast?«

Nun nickte Reg langsam. »Ja. Jeden Sonntag nahm er den Zug. Er liebte Züge.«

»Ich weiß«, sagte Sarah. »Wir waren bei ihm zu Hause und haben seine Modelleisenbahn gesehen. Sie ist dieser Bahn sehr ähnlich.«

Regs Miene hellte sich auf. »Ja, Mr Mandeville war jemand, der verstand, warum unsere kleine Bahnlinie hier so überaus wichtig ist.« Wieder holte er tief Luft. »Und ich zumindest ertrage den Gedanken nicht, dass ihm etwas … etwas *Schlimmes* passiert ist.«

Ja, dachte Sarah, *der mürrische Bahnhofsvorsteher mag den alten Bernard wirklich.*

Sie schaute zu Jack, der verhalten nickte. Er hatte es gleichfalls bemerkt.

Dann fragte Jack: »Sie selbst sind nicht mit dem Zug

gefahren, stimmt's? Sie haben nur gesehen, wie er abgefahren ist?«

Reg nickte. »Natürlich. Mein Posten ist hier, am Fahrkartenschalter. Sonntags ist hier am meisten los, müssen Sie wissen. Da sind alle eingespannt: Archie als Schaffner, Jim Wakely im Speisewagen, der Heißgetränke und Snacks serviert. Da ist nicht nötig, dass ich –«

An dieser Stelle wurde er unterbrochen.

Von dem Mann am Fahrkartenfenster.

»Aber ich war dabei. Ich bin mitgefahren. In dem Zug.«

Sarah sah, das Reg verdrossen zum Kollegen hinüberblickte. Entweder ärgerte ihn die Unterbrechung oder die Information, die unaufgefordert preisgegeben wurde.

Oder beides.

»Ach ja?« Sie schlug ein neues Blatt in ihrem Notizblock auf. »Und Sie sind?«

»Tim Waite«, antwortete der Mann.

Sarah wandte sich wieder an Reg. »Dürfte ich bitte kurz mit ihm reden?«

Er stimmte achselzuckend zu, und Sarah und Jack gingen zu Tim Waite.

Der möglicherweise einer der Letzten gewesen ist, die Bernard Mandeville gesehen haben.

7. Die Spuren werden zurückverfolgt

Jack schaute sich zu Reg um. Der Blick des Bahnhofsvorstehers war fest auf ihn gerichtet, als er sich nun Tim Waite näherte.

Wahrscheinlich verstoßen wir hier gerade auf unverzeihliche Weise gegen die Etikette, dachte Jack.

»Also, Tim, Sie sind mit dem Zug gefahren?«

»Ja. Mr Syms …« – er wies zum Bahnhofsvorsteher, der seine Arme verschränkt hatte und grimmig dreinblickte – »schlug mir vor mitzufahren – quasi als Teil meiner Einarbeitung. Weil ich ja sozusagen im Begriff bin, hier als fester Mitarbeiter einzusteigen. Ich bin nämlich noch neu, wissen Sie.«

Jack sah Sarah an, und sein Blick bedeutete: *Wir haben hier womöglich unseren ersten Augenzeugen.*

Wie viel Tim tatsächlich bezeugen konnte, mussten sie noch herausfinden.

»Zunächst die offensichtliche Frage, Tim. Haben Sie Mr Mandeville gesehen? Während der Fahrt, meine ich.«

Tim nickte. »Ja, sicher. Ich meine, ich hatte ja offiziell nichts zu tun, denn Archie hat das alles im Griff.«

»Archie? Der Zugbegleiter, ja?«

»Richtig. Er kontrolliert und locht die Fahrkarten. Das ist allein sein Job.«

So wie Tim es sagte, hatte Jack das Gefühl, dass Archie seine Tätigkeit im Zug genauso vehement verteidigte wie Reg hier seine am Fahrkartenschalter.

Und irgendwie fand er es schlicht nett. *Die Briten der alten Schule können so … ordnungsliebend sein!*

Er bemerkte, dass Sarah den Kopf zur Seite neigte.

»Und Sie *sahen* Mr Mandeville?«

»Oh ja. Er war in der ersten Klasse. Saß am Fenster. Ich habe ihn natürlich nicht gestört. Ich bin nur den ganzen Zug abgewandert, und, na ja, ehe ich michs versah, waren wir bei der Rennbahn.«

Jack nickte. »Da bin ich jetzt neugierig, Tim. Sind Sie in Cheltenham aus dem Zug gestiegen?«

Er nickte. »Oh ja, das wollte ich auf keinen Fall verpassen! Ich liebe es, zuzuschauen, wenn sie die Lokomotive abkuppeln und sie ans andere Ende bringen. Ein ziemlicher Akt!«

Dann, als spürte er den Blick seines Vorgesetzten, fügte er hinzu: »Und meisterhaft durchgeführt, muss ich sagen.«

Jack lächelte. »Kann ich mir vorstellen.«

Er spürte, dass Sarah ihn ansah, als er nun zur entscheidenden Frage kam.

»Und ich vermute, dass in Cheltenham viele Leute ausgestiegen sind, hm?«

Tim riss die Augen weit auf. »Ähm, tja, eigentlich …«

Er überlegt …

»Nein. Ich meine, ich bin ausgestiegen, klar. Und Archie. Er ist aus dem Zug und hat alles beobachtet. Ich glaube, er muss da prüfen, ob auch jeder Handgriff sitzt, ob alles richtig gemacht wird und so …«

Jack schaute zu Sarah.

»Aber von den Passagieren ist niemand ausgestiegen?«, fragte sie. »Gar keiner?«

Tim schüttelte den Kopf. »Nein, ich glaube, die meisten Leute – vor allem, wenn kein Renntag ist – fahren nur hin und zurück. Ihre Autos parken ja hier, und anders kommen sie nicht nach Hause. Obwohl …«

Bisher war die Information von ihm ziemlich enttäuschend.

»Ein paar Leute sind in Cheltenham ausgestiegen.«

»Erinnern Sie sich, wie sie ausgesehen haben?«, hakte Jack nach.

»Hm, ehrlich gesagt, habe ich nicht genau auf die geachtet. Eine große Familiengruppe, glaube ich: Eltern, Tanten und Onkel, Kinder, die herumsprangen, Sie wissen schon. Ein junges Paar. Und auch ein älteres Paar.«

Tim hatte zur Seite gesehen, als würde er sich das Bild ins Gedächtnis rufen.

»Ist das alles, was Sie gesehen haben?«, fragte Jack.

»Ich *glaube* ... ja. Ich meine, ich habe nicht genau hingesehen. Sicher kann der Bahnhofsvorsteher von Cheltenham es bestätigen. Jedenfalls waren es nicht viele. Und sie drängten sich alle im Wartesaal des Bahnhofs. Es war ganz schön stürmisch an dem Tag.«

Schließlich trat Reg näher zu Tim Waite und räusperte sich.

»Na, ich denke, das war es dann. Gewiss sind diese Leute Ihnen *sehr* dankbar, Tim, für Ihre hilfreichen Informationen.«

Jack sah Reg an.

War der Mann tatsächlich imstande, sarkastische Äußerungen von sich zu geben?

Scheint so ...

Doch Jack blickte ihn weiter an.

»Wenn es Ihnen nichts ausmacht, Reg, nur noch einige Fragen, hm? Danach ...« – nun zeigte er wieder sein breites Lächeln – »sind Sie uns los und haben Ihr Büro wieder für sich.«

Reg schürzte die Lippen, schaute auf seine Uhr und nickte.

Der Zug sollte in zehn Minuten abfahren.

Und mit Blick auf diese Tatsache … kam Jack eine Idee.

Doch vorerst schnell zurück zu Tim Waite.

Sarah hatte beobachtet, wie Jack fachmännisch den freundlichen neuen Eisenbahn-Ehrenamtlichen befragte.

Doch leider ohne brauchbares Ergebnis.

Da er schon persönlichen Kontakt zu Bernard Mandeville gehabt hatte, wäre es Tim sicherlich aufgefallen, hätte der elegante ältere Herr den Zug verlassen.

Was bedeutete, dass Bernard Mandeville nicht ausgestiegen war.

Und wieder dachte Sarah: *Aber das ist unmöglich …*

»Also, Tim, auf der Rückfahrt nach Cherringham Junction war der Ablauf der gleiche?«

»Nicht ganz.«

Der Mann sah verlegen zum Bahnhofsvorsteher.

»Nicht ganz?«, hakte Sarah nach.

»Na ja, nachdem die Lokomotive gewendet worden und am andere Ende angekuppelt war, wollte ich wieder in den Zug steigen, aber … ähm …«

»Aber was, Tim?«, fragte Jack.

Sarah konnte erkennen, dass vielleicht zum ersten Mal bei diesem verrückten, mysteriösen Fall, bei dem man noch lange nicht von einem Verbrechen reden konnte, so etwas wie ein Funken Hoffnung in Jacks Augen aufblitzte.

Werden wir jetzt etwas Wichtiges zu hören bekommen?

»Jedenfalls bin ich, ähm … Na ja, es war nämlich so …«

Sarah holte Luft, während Tim stockte.

Auf einmal sprudelt Tim nicht mehr vor Informationen über, dachte sie. Anscheinend wünschte sich der Mann jetzt, er hätte ihnen gegenüber den Mund gehalten.

Niemandem gefallen all die Fragen …

»Was haben Sie gemacht, Tim?«

Es trat eine noch längere Pause ein.

»Mr Reynolds …«

»Archie, der Schaffner«, erklärte Reg Syms. Sein Tonfall ließ keinen Zweifel daran, wie sehr ihm die Befragung seines neuen Ehrenamtlichen missfiel.

»Ja. Jedenfalls sah Mr Reynolds zu mir und sagte … Na ja, er sagte, ich könnte vorne auf der Lok zurückfahren. Also nicht in den Wagen.«

»Hat er das wirklich vorgeschlagen?«, hakte Jack nach. »Sie haben nicht zuerst ihn gefragt?«

Tim schüttelte den Kopf. »Gott, nein, da käme ich nicht im Traum drauf – an meinem ersten Tag und so!«

»Wie es sich anhört, hat Sie das Angebot überrascht, Tim«, sagte Sarah.

»Und wie!«, bestätigte Tim. »Ich meine, das ist doch ein echtes Privileg, nicht?«

Jack sah Sarah an.

Ein Leuchten in seinen Augen zeigte an, dass er auf etwas Neues gestoßen war.

Schließlich haben wir jetzt vielleicht einen Verdächtigen, dachte sie.

»Demnach«, schlussfolgerte Jack, »haben Sie Mr Mandeville auf der Rückfahrt nicht in seinem Erste-Klasse-Abteil gesehen?«

»Äh, nein. Wie sollte ich? Vom Führerhaus aus? Aber …«

Nun räusperte sich Reg Syms energischer, was fraglos so viel heißen sollte wie: *Es reicht jetzt.*

»Ich habe Mr Mandeville in Cheltenham nicht aussteigen sehen. Und ich war direkt auf dem Bahnsteig. Also muss er noch in seinem Abteil gewesen sein. Stimmt es nicht, Mr Syms?«

»Ja. Wenn Sie dann entschuldigen wollen. Ich habe einen Bahnhof und einen Kartenschalter zu leiten. Der Zug fährt in fünf Minuten!«

Tim trat beiseite, damit Reg Syms seinen Posten am Fahrkartenfenster einnehmen konnte.

Die Botschaft an die beiden Privatdetektive war deutlich: Das hier war vorbei.

Würden Sie jetzt bitte mein Büro räumen!

Sarah blickte zu Jack, und sein Lächeln verriet ihr, dass er noch eine Überraschung parat hatte.

Trotz Reg Syms' unmissverständlicher Aufforderung blieb Jack stehen.

Er drehte sich zu Sarah um. »Weißt du, was *richtig* hilfreich wäre?«

Sarah hatte keine Ahnung. »Was?«

Sie bemerkte, dass sogar der Bahnhofsvorsteher Jacks kleine Vorstellung beobachtete.

»Na, der Zug fährt gleich los. Ich denke, damit wir verstehen, was geschehen oder nicht geschehen sein könnte …«

Sie beendete den Satz für ihn: »Sollten wir einmal mitfahren, oder?«

Zwar formulierte sie es als Frage, aber die Idee war genial.

Denn nun wussten sie, dass jemand im Zug Tim Waite daran gehindert hatte, die Wagen auf der Rückfahrt abzuwandern.

Jack trat einen Schritt näher zum Bahnhofsvorsteher.

»Ja, genau. Vielleicht können wir uns ein wenig mit diesem … Archie unterhalten?«

Jack sah Reg Syms direkt an.

»Ich denke, das verstößt gegen die Regeln, Mr Brennan. Er wird sicher zu viel zu tun haben, um zu schwatzen. Immerhin ist er der Schaffner!«

Syms sprach den letzten Satz mit einem solchen Nachdruck aus, als ginge es bei der Tätigkeit des Schaffners um Leben und Tod – als verlangte dieser Posten absolute, lückenlose Aufmerksamkeit, blitzschnelle Reflexe und keinerlei Ablenkung.

Und all dies hatte etwas, das Sarah einfach herrlich fand.

»Keine Sorge, Mr Syms«, sprach Jack beschwichtigend auf den Mann ein. »Wir achten darauf, den Schaffner nicht über Gebühr zu belästigen. Und schließlich haben Sie gesagt, dass heute ein ziemlich ruhiger Tag ist.«

Reg Syms schniefte.

Dann wirbelte Jack wieder herum, als wäre ihm eben etwas eingefallen …

»Ah, ich habe eine Idee«, sagte er und nickte zu dem Bildschirm in der Ecke. »Da es recht ruhig ist, könnten Sie uns in der Zwischenzeit eventuell die Aufzeichnungen der Überwachungskameras vom letzten Sonntag raussuchen?«

»Wie bitte?«, entfuhr es Reg.

»Wir möchten keine Umstände machen, aber wir sollten sie uns ansehen – nur um sicherzugehen.«

»Ach ja? Aber die Polizei hat schon –«

»Es schadet nie, besonders sorgfältig zu sein, hm, Reg?«, fiel Jack ihm ins Wort. »Schließlich wird ein älterer Herr vermisst. Ein netter Mann, nicht wahr?«

Sarah sah, wie Reg Syms die Augenbrauen hochzog. »Hm, na schön«, willigte er ein. »Ich vermute, wenn man es so sieht …«

Dann klopfte er auf die uralte Holzplatte seines Fahrkartenschalters.

»Ich werde das Band für Sie fertig haben, wenn Sie

zurück sind. Und übrigens – Sie beide brauchen noch Fahrkarten. Schwarzfahren ist verboten!«

Sarah schmunzelte, während sie rasch einige Geldscheine aus ihrem Portemonnaie nahm. Ein lautes Pfeifen draußen kündigte die baldige Abfahrt an, womit ihnen nur noch wenige Minuten blieben, um die Karten zu bezahlen und hinaus zum Zug zu eilen.

Sarah reichte Reg das Geld; er holte zwei Fahrkarten aus einer Schublade und stempelte sie mit dem ab, was wohl das offizielle Siegel der Great Cotswolds Steam Railway war.

Sie schnappte sich die Karten und drehte sich um.

»Beeilen wir uns!«

8. Zuginspektion

Jack setzte sich gerade auf den Platz neben Sarah, da ertönte ein letztes Pfeifen als Abschiedsgruß für Cherringham Junction, und der Zug fuhr los.

Sarah konnte regelrecht spüren, wie die mächtige Lokomotive, die sich ein halbes Dutzend Wagen weiter vor ihnen befand, an Fahrt gewann und wie die Eisenräder sich synchron bewegten, um den größtenteils leeren Zug zu ziehen.

Jack drehte sich zu ihr um.

»Das … ist großartig.«

Sarah nickte. Obwohl sie aus einem bestimmten – überdies ernsten – Grund hier waren, fühlte es sich eher wie ein spannender Schulausflug an.

Vorn im Waggon konnte sie eine Gruppe von Müttern mit Kleinkindern sehen. Die Knirpse saßen auf den Schößen der Frauen, um aus den Fenstern zu sehen.

Erinnerungen an Familienausflüge mit Chloe und Daniel, als die beiden noch klein waren, wurden wach.

Es geht so schnell vorbei. Genau wie die Leute es einem immer sagen.

Sie mochte Züge – die Stille und die Einsamkeit, die man auf einer entspannten Fahrt in das alles andere als ruhige London finden konnte.

Aber dieser Zug, der gar kein richtiges Ziel hatte und lediglich durch die sanfte Hügellandschaft tuckerte, die das Dorf umgab, war noch einmal etwas völlig anderes.

Eine ideale Reise nach Nirgendwo.

»Wollen wir uns auf die Suche nach Mr Reynolds machen?«, fragte sie.

Jack schaute nachdenklich aus dem Fenster.

»Hm ... da wir die ganze Fahrt hin und zurück haben, bleibt uns reichlich Zeit. Wollen wir es nicht erst mal ein bisschen genießen? Sicher müssen die hier auch gelocht werden.« Jack wedelte mit seinem Ticket. »Falls das so gehandhabt wird.«

»Wer weiß! Ich hoffe, die kassieren die Karten nicht ein. Meine würde ich gern als Andenken behalten.«

»Ich meine auch!«

Sie beobachtete, wie Jack sich auf dem alten, rissigen Sitz zurücklehnte und aus dem Fenster schaute; die großen Zugfenster boten eine exzellente Aussicht auf die Hügel und das Farmland, auf die Kühe, die den lauten, qualmenden Zug anglotzten, und das Sonnenlicht, das sich durch die Dampfschwaden kämpfte.

Fürs Erste genoss auch Sarah einfach die Fahrt.

Nach ungefähr zehn Minuten ging die Verbindungstür vorn im Wagen auf, und ein Mann in einer sehr ähnlichen Uniform wie der von Reg kam herein. Die Mütze saß wie mit der Wasserwaage kontrolliert, und das rote Taschentuch lugte ordentlich gefaltet aus seiner Tasche.

Sarah sah Jack an.

»Wollen wir ... wenn er ...?«

Er schüttelte den Kopf und antwortete leise: »Noch nicht, denke ich. Wir warten.«

Sie nickte. Archie Reynolds knipste Löcher in die Fahrkarten der anderen Passagiere, scherzte mit den Kindern und brachte sie zum Kichern.

Dann kam er mit einem strahlenden Lächeln auf Jack und Sarah zu.

»Guten Morgen, die Herrschaften! Sie haben sich einen wunderschönen Tag für die Bahnfahrt ausgesucht.«

»Das können Sie wohl laut sagen«, stimmte Jack ihm zu und reichte ihm seinen Fahrschein.

Für einen Moment glaubte Sarah eine flüchtige Reaktion auf Jacks amerikanischen Akzent wahrzunehmen.

Komisch, dachte sie, *wie beunruhigend das allein sein kann. Ist hier eben selten, erst recht außerhalb der Saison.*

»Verzeihung, Mr …«, begann Jack, »gibt es hier im Zug einen Teewagen?«

»Natürlich! Einen kleinen, aber sehr guten Speisewagen, gleich zwei Waggons weiter. Und Mr Wakely dürfte inzwischen alles bereit haben: Tee, Kekse und Kuchen, das Übliche.«

Nachdem er ihre Fahrkarten gelocht hatte, tippte Archie Reynolds sich lächelnd an die Mütze und zog weiter.

Dieses Lächeln wird definitiv schwächeln, wenn wir erst anfangen, Fragen zu stellen, dachte Sarah.

Jack sah sie an. »Okay, gehen wir auf Erkundungstour?«

»Unbedingt!«

Er stand auf. »Und vielleicht können wir uns unterwegs einen Tee gönnen.«

Der Zug ruckelte auf den uralten Gleisen und warf Sarah ein wenig hin und her, während sie Jack in Richtung vorderes Zugteil folgte.

Als sie den nächsten Waggon betrat, stellte sie fest, dass er vollständig leer war.

Jack legte eine Hand an ihren Arm. »Kannst du bitte mit einem Auge die Tür im Blick behalten, falls Archie zurückkommt?«

Sie nickte und sah, wie Jack sich neben einen der Sitze hockte, um den Freiraum darunter zu begutachten.

»Denkst du, hier könnte man sich verstecken – wenn man es unbedingt will?«, fragte er und zeigte auf den staubigen Metallrahmen der Zweierbank.

Sarah hockte sich ebenfalls hin. »Nein, das ist zu eng. Und ein alter, kranker Mann? Auf keinen Fall.«

»Ja, dachte ich mir auch.« Jack richtete sich auf und klopfte sich Jacke und Hose ab. »Wollte mich aber vergewissern. Komm!«

Sie ging hinter ihm her in den nächsten Wagen, wo er vor der Toilette stehen blieb.

»Wie eben gehabt«, sagte er grinsend. »Aber diesmal klopf bitte an die Tür, wenn jemand kommt, ja?«

Sarah sah ihn fragend an.

Dann zog er sein kleines Set mit Schraubenziehern und Dietrichen aus der Jackentasche.

»Wird Zeit, dass sich mal jemand die Klempnerarbeiten im Zug ansieht«, erklärte er. »Verrückte Idee, aber wir müssen überprüfen, ob hier wirklich nichts groß genug ist, um einen Mann zu verstecken. Wünsch mir Glück!«

Mit diesen Worten schlüpfte er in die Toilette und verriegelte die Tür.

Sarah schüttelte grinsend den Kopf, als sie die Geräusche von der anderen Seite der Tür hörte. Da war das Knirschen einer Wandverkleidung, die abgenommen wurde …

Sollten jetzt Leute vorbeikommen, halten sie uns garantiert für bekloppt, dachte sie.

Fünf Minuten später glitt der Türriegel auf, und Jack kam heraus.

»Und?«

»Nichts. Aber ich bin sehr froh, dass sie diese Dinger sauber halten.«

»Dann ist jetzt wohl ein Tee angebracht, Jack.«

Und sie ging voraus durch den Wagen.

Der Speisewagen bestand, wie Jack feststellte, aus einem winzigen Tresenbereich mit großen Kaffee- und Teespendern an der Wand und einem Drahtregal mit kleinen Packungen Keksen und Süßigkeiten.

Das Sparprogramm, dachte er.

Der Mann am Tresen hatte ihm den Rücken zugekehrt und stellte etwas an den großen Getränkebehältern ein. Er trug keine Uniform, sondern nur eine Schürze mit dem Eisenbahnlogo.

Dann drehte er sich um, als wäre er jetzt für einen Kundenansturm bereit.

»Guten Morgen! Kann ich Ihnen beiden etwas Gutes tun?«

»Ich hab noch nicht entschieden«, antwortete Sarah und las die winzige Speisekarte, als böte sie eine schwindelerregende Auswahl.

»Ich denke, für mich einen Tee«, sagte Jack.

»Sie klingen aber nicht sehr sicher, junger Mann.«

Sarah entging nicht, dass diese Worte Jack ein Lächeln entlockten.

»Oh, ich bin mir sicher. Einen Tee, etwas Süßstoff. Keine Milch, bitte.«

»Und Sie, Miss?«

»Nur ein Kit-Kat, bitte.« Sarah zeigte mit dem Finger darauf.

Der Mann zog die buschigen Augenbrauen hoch. Dann wies er zu dem Regal. »Bedienen Sie sich!«

Danach wandte er sich dem Teespender zu. In einer Hand hielt er einen kleinen Pappbecher mit einem hölzernen Rührstäbchen, bereit, Jacks Tee zu machen …

In der Zwischenzeit hatte Jack sich zu Sarah umgedreht. »Kit-Kat?«

»Ein kleines Laster.« Sie nahm sich einen Schokoriegel aus dem Regal, packte ihn aus und brach ein Stück ab. »Möchtest du etwas?«

»Ähm, ich denke nicht …«

Wakely drehte sich mit dem heißen Tee in dem kleinen weißen Becher zu ihnen um.

»Hier, bitte sehr. Das macht vier Pfund fünfzig.«

Diesmal zückte Jack das Geld.

Und er verschwendete keine Zeit.

»Ach übrigens, wissen Sie das von Bernard Mandeville?«

Der Mann hinter dem Tresen nickte. »Der alte Knabe, der verschwunden ist, nicht?«

»Genau der«, antwortete Jack.

»Die Familie hat uns gebeten, nachzuforschen, was geschehen sein könnte«, erklärte Sarah.

Noch ein Nicken.

»Kannten Sie ihn?«, fragte Jack. »Haben Sie ihm vielleicht Tee oder Kaffee serviert?«

Doch der Mann schüttelte den Kopf. »Nein, nie. Ich meine, ich wusste, dass wir diesen alten Herrn an Bord hatten; denn mit schöner Regelmäßigkeit bestieg er jeden Sonntagmorgen unseren Zug. Aber er ist ja immer in seinem Abteil geblieben. Und wir haben hier keinen Bistrowagen. Zumindest« – hier lächelte er – »noch nicht. Deshalb habe ich ihn nie gesehen.«

Das ist enttäuschend, dachte Sarah.

Dann fügte der Mann noch hinzu: »Ich würde gern helfen, wenn ich könnte … Ich habe gehört, dass er ein netter alter Bursche war, ein begeisterter Anhänger unserer Linie.«

»Waren Sie an dem Tag im Zug, als er verschwand?«

»Ja, war ich. Und was für ein hektischer Tag das war!«

»Viel zu tun?«, fragte Sarah.

»Gott, ja. Typischer Sonntag – jede Menge Familien.«

»Erinnern Sie sich, irgendwas Außergewöhnliches gesehen zu haben?«, hakte Jack nach.

Sarah sah, dass der Mann einige Sekunden überlegte. Dann zuckte er mit den Schultern. »Nicht, dass ich wüsste. Ich habe ja hier die ganze Zeit Tee und Kaffee verkauft; da ist es mir nicht möglich gewesen, mitzubekommen, was sonst noch passiert ist.«

»Und haben Sie irgendwelche Theorien, was geschehen sein könnte?«, wollte Jack wissen.

»Leider gar keine, nein. Das ist echt ein Rätsel, wissen Sie! Ich glaube, da sollten sie mal richtige Ermittler dransetzen!«

Darüber musste Jack lachen. »Das ist wirklich eine gute Idee!«

»Danke«, sagte Sarah.

Und wandte sich Jack zu. »Wollen wir weiter?«

Sie ging voraus. Der Lärm, speziell das Rattern der Lokomotive, wurde lauter, je weiter sie nach vorn kamen – so als näherten sie sich einer großen Bestie.

Als sie schließlich den vordersten Waggon erreicht hatten, konnte Sarah durch die letzte Verbindungstür die gewaltige Lok sehen. Ein kräftiges Ziehen am Griff der Tür ergab, dass sie verriegelt war.

Achselzuckend drehte Sarah sich zu Jack um. Im selben Moment kreischte die Lokomotivpfeife so unglaublich laut, dass Sarah heftig zusammenzuckte.

Sie sah Jack an, und beide lachten über ihre Reaktion.

Auf einmal verschwanden sie mit einem Rauschen in einem Tunnel. Die Luft drückte Sarah auf die Ohren, und der Krach der Dampfmaschine hallte durch die enge Röhre.

Sarah neigte sich ganz nah an Jacks Ohr. »Den Tunnel hatte ich völlig vergessen!«

»Wie lang?«

»Sehr lang, glaube ich.«

Sie sah, dass Jack zum Fenster der Waggontür ging, sein Gesicht an das Glas presste und beobachtete, wie die Lichter des Zuges den Rauch und Dampf sowie die Backsteinmauern des Tunnels anleuchteten, während die Eisenbahn durch die Röhre zischte.

Nach einigen Sekunden zog er an dem Lederzug des Fensters und öffnete es einige Zentimeter weit. Rauch quoll herein, und der Lärm vervielfachte sich.

Rasch knallte er das Fenster wieder zu.

Sarah wartete, bis ein weiteres Pfeifen erklang und sie hinaus in den Sonnenschein rollten.

»Das musste ich überprüfen«, sagte Jack.

Sarah nickte. »Lass mich raten: Da vorn kann keiner abspringen, hm?«

»Stimmt. Zu beiden Seiten ist nur ein guter Meter Platz.«

»Wollen wir zurück?«, fragte sie.

Er bejahte. »Und wenn wir diesmal Archie über den Weg laufen …«

»Ja?«

Im Grunde wusste sie bereits, was Jack vorschlagen würde.

»Wie wäre es, wenn du übernimmst?«

»Klar, aber du gehst nicht zwischendurch stiften, ja?«

Und während sie sich umdrehte, lachte Jack auf. »Ich bin direkt hinter dir, Partner.«

Beide machten sich schwankend auf den Weg, schritten durch den Speisewagen und die zweite Klasse auf das Ende des Zuges zu. Sie erreichten den Erste-Klasse-Wagen, dessen Abteile für alle frei zugänglich waren.

Dort, gleich vorn am Eingang des Waggons, stand Archie.

9. Archie

Archie blickte auf, als Sarah und Jack näher kamen.

Der Zugbegleiter trat zur Seite, als wollte er die beiden zu den Erste-Klasse-Abteilen durchlassen.

Und lächelte.

»Möchten Sie sich ansehen, wie die besseren Kreise reisen?«, fragte Archie.

Dann wies er mit einer Geste zum Durchgang in den Wagen mit den ehedem teuren Plätzen, als würde er ihnen als kleine Überraschung ein Upgrade schenken.

Cheltenham war nur noch Minuten entfernt.

Und Jack hatte Sarah aus zwei höchst wichtigen Gründen gebeten, die Befragung zu übernehmen.

Erstens, weil sie gut darin war.

Sie beide verband eine interessante Chemie, die besonders zum Tragen kam, wenn es um schwierige Fragen ging. Sarah hatte die Gabe, bei so etwas recht entwaffnend zu sein, was einen praktischen Gegensatz zu Jacks gelegentlicher Schroffheit darstellte.

Zweitens vermutete Jack, dass Archie, mit seiner offenkundigen Hingabe an die sehr britische, legendäre Eisenbahn, jeden Amerikaner als kaum tolerierbaren Eindringling sehen würde.

Und einen Ami, der Fragen stellt? Noch schlimmer …

Er sah, dass Sarah Archies Lächeln erwiderte.

»Oh ja, unbedingt. Für die Rückfahrt«, sagte sie und blickte sich kurz zu Jack um. »Da möchten wir in der ersten Klasse sitzen. Aber Sie müssen verstehen, dass wir uns heute … in diesem Zug …«

Ein kleines taktisches Hinauszögern, dachte Jack. Das war oft recht nützlich.

Denn Archie würde sich nun fragen ... *Was ist hier los?*

»... auf Bitten der Familie von Bernard Mandeville aufhalten.«

Archie blickte von Sarah zu Jack.

Anschließend sprach er mit gesenkter Stimme, als wären sie von lauter neugierigen Fahrgästen umgeben, die jedes Wort belauschten.

»Die Polizei hat schon meinen vollständigen Bericht zu diesem Vorfall, Miss. Sicher kann seine ... Familie den jederzeit lesen.«

Archie sah auf seine Uhr.

»Tja, ich muss jetzt mal los. Wir sind gleich in Cheltenham.«

Doch dann sah Jack, wie Sarah eine Hand an den Ärmel des Mannes legte. Nicht schlecht. Und ihre nachfolgenden Worte ließen sich schwerlich abweisen.

»Ich habe nur eine Frage«, beteuerte sie und ließ die Hand, wo sie war. »Eine ganz kurze zu jenem Tag.«

Jack wusste, dass dies hier auf zweierlei Art laufen könnte. Entweder rauschte Archie an ihnen vorbei und verkündete, er habe keine Zeit für noch mehr blöde und unnötige Fragen.

Oder er lenkte ein – und genau das geschah nun. »Na gut«, sagte er leise. »Aber es sollte wirklich schnell gehen.«

»An dem Tag ist Tim Waite im Zug mitgefahren.«

Jack sah Archie an. War da ein kleines Flackern in seinen Augen? Eine Andeutung von ... Überraschung?

»Und er hat ausgesagt, dass er Mr Mandeville auf der Fahrt nach Cheltenham gesehen hat, und auch, dass er eindeutig nicht dort ausgestiegen ist ... allerdings ...«

Archie wandte den Blick ab.

Er weiß, was kommt, dachte Jack. *Jetzt wird es … interessant.*

»… ist er auf der Rückfahrt, anstatt mit Ihnen durch den Zug zu gehen …«

Der überraschte Ausdruck veränderte sich, wie Jack bemerkte.

Archie war gar nicht froh.

»… auf Ihre Anregung hin auf der Lok mitgefahren. Folglich konnte er nicht aussagen, dass er Mr Mandeville während der Rückreise gesehen hatte, weil dies ihm gar nicht möglich gewesen war.« Jack hörte, wie Sarah Luft holte. »Weil … er sich eigentlich nicht im Zug aufgehalten hatte.«

Jack hörte ein lautes Pfeifen, und der Zug wurde langsamer. Die Rennbahn, auf der außerhalb der Saison alles still war, lag direkt vor ihnen.

Es wäre ein Leichtes für Archie, jetzt zu sagen, er müsste wirklich gehen. *Sofort!* Doch mit dieser indirekten Anschuldigung im Raum wollte er es offenbar nicht. Jack wartete gespannt auf seine Erwiderung.

»Ich sagte ihm das, weil …« Archie schüttelte den Kopf. »Weil es für die Neuen immer etwas Besonderes ist. Schließlich sind sie Ehrenamtliche. Deshalb hatte ich es ihm angeboten.«

Und mit dieser Erklärung – die, wie Jack fand, kein bisschen wasserdicht war – trat Archie an Sarah vorbei und warf Jack einen kurzen, verärgerten Blick zu.

Die Befragung war zu Ende.

Erst als der Schaffner im nächsten Wagen war, drehte Sarah sich zu Jack um, und während der Zug abbremste, sodass er nur noch im Schritttempo weiterfuhr, sagte sie: »Tja, also ich glaube dem Mann kein Wort.«

Jack nickte lächelnd. Immerhin könnten sie ihren großen Durchbruch geschafft haben.

Jemand, der etwas zu verbergen hat. Jemand, der zu lügen gewillt ist.

Jemand, der jetzt nervös ist.

Und er antwortete: »Ich auch nicht. Er lügt, und ich frage mich, warum.«

Jack schob die Tür zu einem der Erste-Klasse-Abteile auf, und Sarah folgte ihm nach drinnen, wo er die Tür hinter ihnen wieder schloss.

Anschließend saßen sie einander auf den Fensterplätzen gegenüber, und Sarah schaute sich in dem kleinen Abteil um.

Hier könnte Bernard gesessen haben, ehe er verschwand.

Vier Sitze auf jeder Seite, dazwischen schmale Lederarmlehnen, Gepäcknetze über den Sitzen. Ein kleines Schiebefenster, kaum groß genug, um den Kopf hinauszustrecken.

Unter den Sitzen waren altmodische Heizgebläse.

Alles in allem: nichts, wo man sich verstecken könnte; kein einfacher Weg nach draußen.

Sarah blickte hinaus, als der Zug langsam Fahrt aufnahm und aus dem Bahnhof Cheltenham Racecourt rollte.

Sie hatten den zehnminütigen Halt genutzt, um gemeinsam über den Bahnsteig zu schlendern und noch mit ein oder zwei weiteren Mitarbeitern zu sprechen.

Und nichts Neues erfahren. Der Zug war am Sonntag in den Bahnhof eingefahren, eine Handvoll Leute waren zugestiegen, und dann war der Zug wieder abgefahren.

Und keiner hatte einen alten, gebrechlichen Herrn aussteigen sehen.

Alles in allem nur ein normaler Sonntag.

Sarah lehnte sich auf ihrem Sitz zurück und sah Jack an.

»Irgendeine Eingebung?«, fragte sie.

»Nada«, erwiderte er kopfschüttelnd.

»Ich auch nicht.«

»Also, was wissen wir? Bernard ist nicht in Cheltenham ausgestiegen. Er kann nicht aus dem Zug gefallen oder gestoßen worden sein – die Polizei hat die ganze Strecke überprüft. Soweit ich es zu erkennen vermag, kann er sich hier nirgends versteckt haben und später ausgestiegen sein. Und als der Zug in Cherringham ankam, haben sie die Wagen gründlich abgesucht – und sie waren leer.«

Er schüttelte den Kopf.

Dann fragte er: »Warst du schon mal in einer Zaubershow und hast einen Trick gesehen, der unmöglich wirkte – aber kaum erklärte man dir, wie es gemacht wurde, schien es so offensichtlich?«

»Ja«, antwortete sie. »So fühlt sich die Sache hier für mich auch an.«

»Vielleicht entdecken wir etwas in den Aufzeichnungen der Sicherheitskameras, aber das bezweifle ich eher. Die Polizei ist sie sicher sorgfältig durchgegangen.«

»Demnach liegt es bei uns«, sagte Sarah. »Mit wem wir jetzt reden und welche Fragen wir stellen?«

»Ja, so ziemlich.«

Sie holte ihren Notizblock hervor und blätterte darin.

»Als Erstes wäre da der Arzt. Ich rufe Finch an und sehe mal, ob er bereit ist, das Arztgeheimnis ein klein wenig zu umgehen. Wir müssen wissen, was mit Bernard passiert, wenn er seine Medikamente nicht bekommt.«

»Und den Londoner Arzt müssen wir auch befragen. Wie hieß er noch? McTavish?«

»Ja, der dürfte nicht schwer zu finden sein«, meinte Sarah. »Und diese Frau, die bei ihnen war – wie nannten die Mandevilles sie gleich? Diese aufdringliche Person? Grisoni?«

»Etwas in der Richtung. Sie schienen sich nicht sicher.«

»Freu dich lieber nicht zu früh«, sagte sie. »Wenn sie nicht in einem Hotel am Ort übernachtet hat, werde ich sie anhand eines Namens, der möglicherweise nicht einmal ganz richtig ist, wohl kaum aufspüren können.«

»Versuch es trotzdem. In der Zwischenzeit werde ich wohl nochmals in dem Haus vorbeischauen und mich mit unserem Freund, dem Butler, unterhalten.«

»Und dem Hausmädchen«, sagte Sarah. »Wirken die nicht beide recht verdächtig?«

»Wo wir schon davon sprechen – die Mandevilles selbst dürfen wir ebenfalls nicht vergessen. Bei denen stimmt auch etwas nicht.«

»Jack, du denkst doch nicht ernsthaft, dass jemand aus der Familie darin verwickelt sein könnte! Obwohl sie unsere Hilfe angefordert haben?«

»Wir sollten die Möglichkeit nicht ausschließen. Vor allem nicht, da so viel Geld im Spiel ist.«

»Ja, du hast recht. Ich gehe heute Abend mal online und überprüfe die alle. Mal sehen, ob sich im Stammbaum etwas Schmuddeliges verbirgt. Dann bliebe noch Archie …«

»Jap, Archie«, sagte Jack. »Er lügt, und wir wissen das. Also, vielleicht – aber nur vielleicht – steckt er mittendrin in diesem kleinen Zaubertrick.«

»Ja, dem stimme ich zu. Nur wie?«

»Es wäre nicht unmöglich für ihn gewesen, zusammen mit einem Helfer Bernard zu betäuben, ihn in eine der Toiletten zu schleifen, sie zu verriegeln – und unserem Freund Reg gegenüber später zu behaupten, er hätte überall nachgesehen.«

»Und danach, als sich die Aufregung gelegt hatte, kehrte er mit seinem Komplizen zurück und holte den alten Mann aus dem Zug, um ihn irgendwohin zu bringen. Und seitdem verhalten sich alle ruhig.«

»Genau«, bekräftigte Jack. »Sie könnten Bernard rausgeholt haben, kurz bevor die Polizei den Zug durchsucht hat. Und vergessen wir nicht, dass Archie dafür sorgte, dass Tim aus dem Weg war, indem er ihn auf die Lok verfrachtete.«

»Womit er sich frei im Zug bewegen konnte.«

»Es ist eine Theorie, nichts weiter. Und sie ist so gerade noch plausibel.«

Sarah lachte. »Sie ist auch die einzige, die wir haben.«

»Jap. Also, wenn wir wieder am Bahnhof sind, bitten wir Reg außerdem um das Bildmaterial der Überwachungskameras, das später an jenem Tag aufgenommen worden ist, und sehen es uns an.«

»Da wird er entzückt sein«, sagte Sarah. »Unsere Fragen hat er schon so genossen.«

Nun lachte Jack. »Wenn wir den Fall lösen, werden wir seine Hilfe besonders betonen.«

Sarah machte sich noch eine Notiz. »Und ich sehe mal, was ich online über Archie herausfinde.«

»Denkst du, er ist von hier?«

»Ich glaube, dass ich ihn flüchtig vom Sehen kenne. Ich frage mal herum.«

Sie bemerkte, dass Jack aus dem Fenster blickte.

»Sieh mal!« Er zeigte zu einem Hügelkamm eine gute Meile entfernt.

»Mandeville Towers«, sagte sie; das Herrenhaus mit den Türmen war eben noch zu erkennen.

»Eine komische Vorstellung, dass der alte Bernard an einem der Fenster dort saß und Tag für Tag die Züge vorbeifahren sah«, meinte Jack. »Ich würde ihn gerne wieder dahin zurückbringen.«

»Hoffen wir, dass wir ihn bald finden.«

Jack nickte mit ernster Miene.

Was sie nicht aussprachen, war …

Dass sie beide hofften, Bernard *lebend* zu finden.

10. Einen Schritt weiter

Sarah hatte die Waschmaschine befüllt, warf ein Tab ein und schaltete sie an. Dann nahm sie ihre Laptoptasche, ihre Schlüssel sowie die Jacke und ging in die Diele.

»Daniel!«, rief sie nach oben, während sie die Haustür öffnete. »Hängst du bitte nachher die Wäsche auf? Die Maschine müsste in zwei Stunden durch sein.«

Sie wartete auf eine Antwort von ihrem Sohn, der noch im Bett war. Schon ein Stöhnen würde genügen. Dann kam: »Ja, Mum.«

Verblüffend, dachte sie. *Beinahe ein ganzer Satz.*

Es hatte mal Zeiten gegeben – vor Jahren! –, da war es schier unmöglich gewesen, Daniel vom ständigen Reden abzubringen.

Ach ja, Teenager …

»Ah, und denk dran, dass da deine Fußballsachen drin sind. Die brauchst du morgen.«

Sie wartete einige Sekunden, aber es kam keine Reaktion.

»Erde an Daniel. Erde an Daniel!«

Nichts.

Sie ging hinaus und stieg in ihren Wagen.

Kurz darauf war sie auf einer Straße, die zur Cherringham Bridge Road führte.

Grace und sie hatten heute Morgen eine große Präsentation für einen neuen Hofladen, der außerhalb des Dorfes eröffnet hatte. Der Betreiber könnte ein wichtiger Kunde werden – einer, den sie unbedingt haben wollte. Beste Bio-Standards, die qualitativ hochwertigsten regionalen Produkte … Sie konnte es gar nicht erwarten, selbst dort einzukaufen!

Doch anstatt sich auf die anstehende Aufgabe zu konzentrieren, dachte sie immerzu an Bernard Mandeville.

Falls er noch lebte – wo mochte er heute Morgen aufgewacht sein? Gefesselt in irgendeinem Keller? Oder vielleicht – mit Gedächtnisverlust – in irgendeinem Hostel? Oder irgendwo da draußen in der Natur, halb bewusstlos in einem Graben …

Oder – noch schlimmer?

Sie dachte an den gestrigen Nachmittag. Jack und sie waren die Aufzeichnungen der Sicherheitskameras Bild für Bild durchgegangen und hatten, wie erwartet, nichts Verdächtiges entdecken können.

Nur Menschenmengen, die aus dem Zug stiegen und zu ihren Autos gingen; dann Archie und ein paar andere Ehrenamtliche, die den Zug absuchten; und schließlich der Streifenwagen, der aus dem Dorf gekommen war.

Wie es aussah, hing es ganz von Jack und Sarah ab, ob Bernard noch gefunden werden konnte.

Gestern Abend, zwischen dem Kochen und der Fertigstellung ihrer Präsentation, hatte sie Archie Reynolds' Adresse ausfindig gemacht und einen Termin bei Dr. Finch vereinbart.

Über amyotrophe Lateralsklerose hatte sie einiges online gefunden – eine neurologische Störung, die zu Bernards Symptomen genau zu passen schien.

Aber sie konnte so gut wie nichts über die Familie Mandeville auftreiben; und es gab auch keinerlei Fortschritte, was die mysteriöse Miss Grisoni betraf.

Anhaltspunkte kann man das kaum nennen, dachte sie. *Soll ich vielleicht Grace um Hilfe bitten?*

Normalerweise hielt sie ihre Geschäftspartnerin aus

den gemeinsamen Ermittlungen mit Jack heraus. Nicht, dass Grace nicht sagenhaft gut darin wäre, bei dieser Tätigkeit zu helfen – denn das war sie durchaus. Aber Sarah war sich bewusst, dass sie sich bisweilen im gesetzlichen Graubereich bewegten, und sie wollte Grace nicht in Schwierigkeiten bringen.

Sie bog auf die Hauptstraße und fuhr Richtung Dorf. Sobald sie den Kundentermin hinter sich hatte, könnte die Ermittlung richtig losgehen.

Jack hielt vor dem Tor von Mandeville Towers und drückte den Knopf der Gegensprechanlage.

»Ja?«, meldete sich nach wenigen Sekunden eine männliche Stimme. Jack erkannte, dass es der Butler war.

»Jack Brennan. Ich möchte die Familie besuchen.«

»Sie scheinen keinen Termin zu haben, Sir.«

»Stimmt, habe ich nicht.«

»Ich fürchte, Sie müssen vorab einen Termin vereinbaren, Sir.«

»Sie werden mich bestimmt sehen wollen. Fragen Sie einfach, okay?«

Es klickte, und Jack wartete. Eine Minute verging. Noch eine Minute. Er wollte schon erneut klingeln, als sich das Tor langsam öffnete.

Doch ehe er hindurchfahren konnte, brauste ein kleiner roter Wagen aus der Zufahrt und hielt neben dem von Jack, um auf die Hauptstraße einzubiegen.

Jack blickte hinüber.

Auf dem Fahrersitz saß Mary, Seddons Tochter. Er sah sie an, sie ihn jedoch nicht, sondern raste ein paar Sekunden später davon.

Schade, dachte er. *Ich hatte mich schon darauf gefreut, auch kurz mit ihr zu plaudern.*

Er fuhr durch das Tor und den langen Kiesweg hinauf zum Haus. Als er aus seinem Auto stieg, ging die Haustür auf. Doch anstelle von Seddon stand dort Theo, der jüngere Bruder.

Er sah aus, als hätte er die Nacht durchgemacht: das Haar zerzaust und das Hemd lose unter dem zerknitterten Anzug.

»Wollen Sie sich einen Vorschuss abholen?«, fragte er und lehnte sich gegen den Türrahmen, während Jack die Stufen hinaufging und zu ihm trat.

»Ganz und gar nicht. Ich habe nur noch ein paar Fragen, Mr Mandeville, falls es Ihnen nichts ausmacht.«

Hinter ihm konnte Jack den Butler in der Diele sehen.

»Nichts ausmacht? Es macht mir nichts aus. Aber erwarten Sie nicht, dass ich sie beantworte. Ich habe Besseres zu tun.«

»Sicher sind Sie ein sehr beschäftigter Mann, Mr Mandeville. Wären eventuell Ihre Schwestern zu sprechen?«

»Die sind nicht hier. Sind abgehauen. Shoppen wahrscheinlich. Was anderes machen die ja nie. Shoppen. Immerzu shoppen und noch mal shoppen.«

Jack entging nicht, dass er leicht schwankte.

Das Einzige, was ihn aufrecht hält, ist der Türrahmen, dachte er.

Er lächelte. »Wie wäre es, wenn ich reinkomme und auf sie warte, Theo?«

Mit diesen Worten bugsierte er Theo behutsam nach drinnen, wo Seddon stand und das Geschehen beobachtete. Jack nickte dem Butler zu, auf dass er die Tür hinter ihnen schloss, und legte eine Hand auf Theos Schulter.

»Gehen Sie sich ausruhen, Mr Mandeville, und ich unterhalte mich kurz mit Seddon, solange ich auf Ihre Schwestern warte, hm?«

»Da können Sie verdammt lange warten«, sagte Theo achselzuckend und torkelte durch die Diele zum Wohnzimmer.

»Shoppen für England ist das, was die beiden machen.«

Jack wartete, bis Theo im Salon war und die Tür hinter sich schloss. Dann wandte er sich lächelnd dem Butler zu.

»Nun, Mr Seddon, wie wäre es, wenn wir uns eine ruhige Ecke suchen, in der wir ein wenig plaudern können? Ich schätze, es gibt einiges, was Sie mir erzählen sollten …«

Sarah saß im überfüllten Wartezimmer von Cherringhams Arztpraxis und wartete, dass sie zu Dr. Finch hineingerufen wurde.

Sie schaute sich in dem Zimmer um. Viele der anderen Patienten kannte sie. Mütter, Kinder, Freunde – Menschen aus dem Dorf, mit denen sie zusammengearbeitet hatte oder denen sie im Laufe der Jahre begegnet war.

In den Wartezimmern von Arztpraxen galt ein ungeschriebenes Gesetz: nur ein verständiges Nicken, ein Lächeln, auf keinen Fall mehr Kontakt. An jedem anderen Ort hingegen würde sofort ausführlich erzählt, getratscht und gekichert …

Man weiß ja nie, mit welchem Problem jemand zum örtlichen Arzt gekommen ist.

Sie sah zur Uhr. Halb drei. Ärzte waren ständig zu spät dran, immer abgehetzt …

»Sarah Edwards?«, erklang eine Stimme an der Tür zu den Behandlungszimmern. Sie stand auf und erblickte Dr. Finch, der sie lächelnd ins Sprechzimmer bat.

»Wie kann ich Ihnen helfen?«, fragte er, als Sarah sich auf den Stuhl vor seinem Schreibtisch setzte. Er tippte etwas in seinen Computer ein – vermutlich rief er ihre Patientendaten auf.

Sie hatte beschlossen, keine Zeit mit irgendwelchen erfundenen Symptomen zu verschwenden, also kam sie direkt zur Sache.

»Ich bin quasi unter Vorspiegelung falscher Tatsachen hier, Dr. Finch.«

»Ach ja?« Nun lehnte er sich zurück und betrachtete sie eingehend, den Kopf leicht zur Seite geneigt, als hätte er ein medizinisches Wunder vor sich. Und war das ein halbes Lächeln, das sie in seiner ansonsten ernsten Miene wahrnahm?

Peter Finch. Single. Vierzig. Müde, aber immer noch gut aussehend.

Sarah hatte zwischenzeitlich vergessen, welchen Eindruck der kluge Landarzt auf sie gemacht hatte, als sie nach ihrer Scheidung ins Dorf zurückgekehrt war.

Jetzt fiel ihr auch wieder ein, warum. *Diese braunen Augen …*

Sie zwang sich zurück in den Arbeitsmodus.

»Es ist so … Jack Brennan und ich ermitteln im Fall des verschwundenen Bernard Mandeville. Sie waren sein Arzt, nicht wahr? Und ich habe gehofft, dass ich Ihnen vielleicht ein paar Fragen zu ihm stellen darf.«

Sie sah, dass er über ihre Bitte nachdachte.

»Sie wissen, was ich darauf antworte, Sarah.«

Sie zuckte mit den Schultern. »Arztgeheimnis, Vertrauensverhältnis Arzt-Patient, Datenschutzgesetz, Hippokratischer Eid?«

»Äh, ja, das alles. Allerdings ohne den Hippokratischen Eid.«

»Ah, dann ist von der Seite alles gut?«

»Ja, von der Seite aus ja.«

»Gott, was für ein Segen!«, sagte Sarah grinsend. Dann sah sie, dass Dr. Finch ihr Lächeln nicht erwiderte.

Er denkt zweifellos daran, dass draußen ein ganzes Wartezimmer voller echter Patienten ist.

»Stimmt, ja, genau«, fuhr sie fort. »Doch schauen Sie – die Situation ist folgende: Er wird vermisst, könnte weiß Gott wo sein; und wie es aussieht, wird es ewig dauern, bis die Polizei etwas dazu herausbekommt. Jack und ich … Wir versuchen, der Familie zu helfen. Deshalb müssen wir wissen, was genau ihm fehlt.«

Noch ein Lächeln.

»Können wir die Regeln nicht ein klein wenig aufweichen? Es geschieht schließlich in seinem Interesse.«

»Das kann ich schlichtweg nicht tun, Sarah.«

Sie hatte gewusst, dass er das sagen würde, dennoch ärgerte es sie, das zu hören.

»Sie haben das schon früher getan.«

»Wie bitte? Nein, das glaube ich nicht.«

»Sally Phipps, erinnern Sie sich? Sie baten mich an jenem Wochenende, als Sally vermisst wurde, sie zu finden.«

Sally war eine Freundin von Chloe gewesen, die den Arzt aufgesucht hatte, um ihn um Hilfe zu bitten, und dann verängstigt weggelaufen war.

»Von ihr hatten Sie mir alles Mögliche erzählt«, betonte Sarah.

»Das war etwas anderes.« Er holte tief Luft. »Und das wissen Sie auch. Sie war noch ein Kind.«

»Und Sie hatten mich gefragt, nicht anders rum, oder?«

»So ist es nicht!«

Sarah erkannte, dass sie einlenken musste. Sie brauchte Finchs Hilfe, wollte ihn sich nicht zum Feind machen. »Ich meine ja nur, dass es für mich so aussieht.

Also, ich entsinne mich nicht, dass Sie von Datenschutz sprachen, als wir sie aufspürten und nach Hause brachten. Sie vielleicht?«

Es klopfte an der Tür. Sarah drehte sich um und sah, dass die Arzthelferin hereinschaute.

»Alles in Ordnung, Dr. Finch?«

»Bestens, Anji. Alles gut.«

Eine Sekunde lang starrte die Frau Sarah an, bevor sie nickte und die Tür wieder schloss. Sarah wandte sich erneut zu Dr. Finch um.

»Oh Gott, Entschuldigung!. War ich zu laut?«

»Ein bisschen, ja.«

»Tut mir leid, ehrlich«, sagte sie. »Aber ich mache mir wirklich Sorgen um den alten Herrn. Und ich denke … das sollten Sie auch.«

»Sie geben nicht leicht auf, was, Sarah?«

»Nicht, wenn ich mich im Recht glaube.«

Sie grinste den Arzt an, ließ ihn nicht vom Haken.

Und hoffte, dass sie die richtigen Worte wählte, um ihn zum Nachgeben zu bewegen.

»Okay, ich sage Ihnen was. Stellen Sie Ihre Fragen, und ich beantworte die, die ich kann.«

»Wirklich?«

Endlich lächelte er auch.

»Ja, wirklich.« Er sah auf seine Uhr. »Und machen Sie lieber schnell. Ich habe ein volles Wartezimmer da draußen.«

»Habe ich gesehen. Und – ich wusste, dass Sie es verstehen würden. Letztlich.«

Nun schmunzelte er, während sie ihren Notizblock hervorholte.

»Ich glaube, das richtige Wort wäre hier ›kapitulieren‹, Sarah.«

11. Der Butler und Wächter

Jack stand vor Seddon, der auf dem einzigen Sessel in Bernard Mandevilles Schlafzimmer saß.

Ich habe noch gar nichts gefragt, und schon ist der Kerl angespannt, dachte er. *Wie gut, dass ich ihn hier raufgebracht habe.*

Er schlug eine Seite in seinem Notizblock auf.

»An dem Tag, an dem Mr Mandeville verschwand, haben Sie hier gearbeitet, nicht wahr?«

»Korrekt.«

»Und wie war Mr Mandeville?«

»Normal.«

»Glücklich?«

»Mir kommt nicht zu, ein Urteil darüber zu fällen, ob er glücklich war oder nicht.«

»Nichts Ungewöhnliches an dem Morgen?«

»Nicht, dass ich wüsste.«

Das ist wie Zähneziehen, dachte Jack.

»Sie wohnen im Haus, stimmt's?«

»Im Dienstbotentrakt.«

»Mit Ihrer Tochter.«

»Wieder korrekt.«

»Und Sie kümmern sich persönlich um Mr Mandeville, hm? Ankleiden, Rasieren, alles?«

»Ja.«

»Sind Sie auch für dieses Zimmer zuständig?«

»Ja.«

Jack ging zur Kommode und zog eine Schublade auf. »Hier ist nicht viel drin, oder?«

»Mr Mandeville hat sehr wenige persönliche Sachen.«

»Ich spreche eher von Socken, Unterwäsche, solchen Dingen. Und der Nachttisch ist leer. Keine Bücher, nichts. Als hätte jemand alles *ausgeräumt* – die Kleidung und andere Gegenstände weggenommen, die hier aufbewahrt wurden.«

Er sah Seddon mit den Schultern zucken.

»Im Bad ist es genauso. Fällt Ihnen dazu etwas ein?«

»Wie gesagt, Mr Mandeville hat wenige persönliche Sachen.«

»Nicht mal eine Zahnbürste? Einen Rasierer? Wo sind die? Warum sind sie nicht im Badezimmer?«

»Das kann ich Ihnen nicht sagen.«

»Sie sagen überhaupt nicht viel, was, Mr Seddon?«

Wieder zuckte der Butler mit den Schultern.

»Also, ist Ihnen vor Mr Mandevilles Verschwinden irgendeine Veränderung aufgefallen?«

»Nein.«

»Nichts Ungewöhnliches, das passierte?«

»Nichts, was ich mitbekommen hätte.«

Jack blätterte in seinem Notizblock, wobei er betont langsam war, bis er sagte: »Eines wollte ich Sie unbedingt fragen.«

Er ließ Seddon warten.

»Mir ist erzählt worden, dass eine Frau hier vorm Haus auftauchte, und zwar vor ein paar Monaten …«

Er beobachtete Seddon aufmerksam. War da ein verräterisches Blitzen in seinen Augen?

»Wir haben oft Besucher vor Mandeville Towers. Neugierige. Touristen.«

»Aber diese Frau behauptete, eine alte Freundin von Mr Mandeville zu sein. Sie wollte ihn sehen.«

»Kann sein.«

Jack sah, dass Seddon abermals mit den Schultern

zuckte. Nun wirkte er weniger angespannt. Was nicht weiter verwunderte; der Mann schmetterte die Fragen ab, als wäre er auf dem Gebiet ein alter Hase.

»Haben Sie nicht mit ihr gesprochen?«

»Vielleicht.«

»Grisoni war, glaube ich, der Name«, sagte Jack mit Blick in seine Notizen. »Grisoni? Klingelt da etwas bei Ihnen, Seddon?«

»Kann sein.«

Noch ein »Kann sein«, und ich verliere womöglich die Geduld mit diesem widerspenstigen Butler.

»Die Mandeville-Familie schickte sie weg, richtig?«

»Wenn sie es sagt, Sir.«

Der Mann war wirklich eine harte Nuss. Nicht zu knacken. Kein Wunder, dass alle Leute englische Butler wollten. Die würden auch glänzende Strafverteidiger abgeben … und Wachhunde!

Jack beschloss, die Taktik zu ändern.

»Wie lange arbeiten Sie schon hier?«

»Seit sechs Jahren.«

Jack sah ihn an. *Hm, das ergibt keinen Sinn.*

Er blätterte in seinem Notizbuch zurück.

»Sechs? Seltsam. Ich hörte, dass Sie erst seit einem Jahr hier sind.«

»Sechs Jahre und drei Monate, um genau zu sein.«

»Und was ist mit Mary?«

»Sie hat gleichzeitig mit mir hier angefangen.«

»Und wer hat Sie eingestellt? Mr Mandeville oder eines seiner Kinder?«

»Mr Mandeville lebte zu der Zeit allein hier. *Er* stellte uns ein.«

»Also waren Lucinda, Eve und Theo da schon von zu Hause weggezogen?«

»Zu der Zeit waren sie noch nicht Teil der Mandeville-Familie.«

Jack stutzte.

Wie bitte? Noch nicht …?

Es kam nicht oft vor, dass er bei einer Befragung überrumpelt wurde, doch dies war eindeutig solch ein Augenblick.

»Moment mal. Sie meinen, Lucinda, Eve und Theo sind nicht Bernard Mandevilles Kinder?«

»Sie sind seine *Stiefkinder*, um genau zu sein, Mr Brennan. Die Kinder seiner inzwischen verstorbenen zweiten Frau.«

Jack kratzte sich am Kopf. »Und wann sind die alle in Mandeville Towers eingezogen?«

»Vor etwas über einem Jahr, Sir.«

»Und wann wurde Mr Mandeville krank?«

Verengten sich Seddons Augen? War da noch ein Zögern?

»Nicht lange danach.«

»Na, das ist ja ein Zufall, was?«

Jack betrachtete das Pokerface des Butlers.

»Das kann ich unmöglich beantworten, Sir.«

Jack wollte noch eine Frage stellen, doch das wütende Läuten einer Handklingel irgendwo im Haus hallte von unten herauf.

Und eine bekannte, lallende Stimme rief: »Seddon, wo stecken Sie verdammt noch mal? Es ist Teezeit, verflucht! Wo bleibt mein Tee?«

Jack sah, wie Seddon tief Luft holte und aufstand.

»Verzeihen Sie, Mr Brennan, aber anscheinend werden meine Dienste verlangt.«

»Kein Problem«, antwortete Jack. »Ich denke, wir können später noch weiterreden, hm?«

»Wie Sie wünschen, Sir.«

Er drehte sich um, ging voraus zur Tür und bedeutete Jack, vor ihm das Zimmer zu verlassen.

Jack nickte und trat auf den Korridor … wo er stehen blieb und sich umwandte.

Der richtige Zeitpunkt für …

»Eine letzte Frage, Mr Seddon.«

»Ja?«

»Sind Sie mit Mr Mandevilles Modelleisenbahn-Anlage vertraut, die oben aufgebaut ist?«

Jack bemerkte, dass Seddon die Stirn runzelte. *Noch ein verräterisches Zeichen, ohne Zweifel …*

»Einigermaßen, Sir.«

»Haben Sie eine Ahnung, was mit Mr Mandevilles Lokomotiven passiert ist?«

»Ich weiß nicht, was Sie meinen.«

»Bei einer solch großen Anlage nur eine Lokomotive, aber acht Regler? Das scheint kaum sinnvoll, oder?«

Jack sah, dass die Frage ins Schwarze traf. Seddon musste nicht antworten; doch er wusste ganz sicher etwas über diese Züge – etwas, das er nicht preisgab.

»Ich, äh … die … vielleicht sind sie gerade zur Reparatur, Sir?«, entgegnete er stirnrunzelnd.

»Alle auf einmal?«

»Ähm, vielleicht hat Mr Mandeville sie fallen gelassen? Oder sie weggegeben oder …«

Und Jack wusste, dass Seddon log.

Er starrte ihn an, dann drehte er sich um und ging den Korridor hinunter.

»Netter Versuch, Seddon«, sagte er, ohne sich umzublicken. »Aber da müssen Sie noch besser werden, wenn die Polizei Sie befragt.«

Und während er auf die Treppe zuging, war ihm klar, dass Seddon noch an der Tür zu Bernard Mandevilles Schlafzimmer stand.

Erstarrt.

Endlich … hatte er Angst.

Erwischt, dachte Jack und lächelte vor sich hin.

Die Dämmerung setzte ein, als Sarah langsam die Station Road entlangfuhr und nach der Hausnummer 44 Ausschau hielt. Die kleine Reihenhaussiedlung befand sich am Ortsrand von Cherringham in einer Sackgasse an der Eisenbahnstrecke nach Oxford.

Natürlich, dachte sie, *leuchtet ein, dass Archie in einer Gegend wohnt, wo er täglich Züge vorbeizischen sieht.*

Sie entdeckte das Haus – ein einfaches Gebäude mit zwei Zimmern unten, zwei oben und einem ordentlichen, von einer niedrigen Mauer umgebenen Vorgarten, in den man durch eine Metallpforte gelangte. Sarah parkte vor dem Grundstück auf der Straße.

Dabei bemerkte sie, wie ein Vorhang in einem der oberen Fenster weggezogen wurde und für einen kurzen Augenblick ein Gesicht zu sehen war, das sie wiedererkannte. Sofort fiel der Vorhang zurück vor das Fenster.

Hallo, Archie, dachte sie.

Sie stieg aus dem Wagen, ging zur Haustür und läutete.

Niemand öffnete. Durch die Milchglasscheibe in der Tür sah sie drinnen sich bewegende Umrisse.

Sie klingelte noch einmal. Keine Reaktion.

Nun trat sie auf ein kleines Rasenstück und spähte durchs vordere Fenster, das Gesicht ans Glas gepresst: Sie erhaschte noch eine flüchtige Bewegung und sah den Fuß eines Mannes hinter einem kleinen Sofa in der Zimmerecke hervorlugen.

Sie klopfte an die Scheibe.

»Archie! Mr Reynolds?«, rief sie.

Langsam verschwand der Fuß vollständig hinter dem Sofa.

Sarah huschte zurück zur Haustür, und nun ließ sie ihren Finger auf der Klingel.

Nach einer weiteren Minute sah sie eine Gestalt zur Tür kommen und sie einen Spaltbreit öffnen.

Doch das war nicht Archie.

Das Gesicht einer Frau erschien in dem Türspalt. In den Fünfzigern, müde und *verängstigt,* wie Sarah erkannte.

»Archie ist nicht zu Hause.«

»Ähm, doch, ist er«, erwiderte Sarah. »Er versteckt sich hinter dem Sofa. Ich habe ihn durchs Fenster gesehen.«

Die Frau schüttelte den Kopf.

»Sie haben kein Recht, durchs Fenster zu gucken.«

Sarah schlug einen versöhnlicheren Ton an. »Hören Sie, ich möchte nur mit ihm reden.«

»Nun ja, das können Sie nicht. Er ist bei der Arbeit. Gehen Sie weg!«

Die Lüge der Frau war beinahe witzig.

»Es ist wichtig. Es geht um Bernard Mandeville.«

»Archie will nicht darüber reden. Damit hat er nichts zu tun. Hören Sie auf, sich einzumischen. Und überhaupt – das geht Sie gar nichts an.«

Diese Frau hatte eindeutig keinerlei Erfahrung mit Befragungen. War ihr nicht bewusst, wie viel sie schon mit dem verriet, was sie sagte?

Einmischen? Einmischen in was?

Sarah hörte ein Flüstern aus dem Haus. War das Archie, der Anweisungen gab?

»Archie, ich kann Sie hören!«, rief Sarah durch den Türspalt. »Warum kommen Sie nicht kurz her und reden mit mir?«

»So dürfen Sie uns nicht behandeln!«, empörte sich die Frau. »Gehen Sie weg, oder ich … ich … ich …«

»Oder Sie tun was? Die Polizei rufen? Das wage ich zu bezweifeln …«

Doch die Frau knallte bereits die Tür zu.

Sekundenlang starrte Sarah die geschlossene Tür an, während sie über das nachdachte, was die Frau gesagt hatte. Dann ging sie zurück zu ihrem Wagen, setzte sich hinters Steuer und überlegte, was all das bedeutete.

Eines war ziemlich klar: Was auch immer mit Bernard Mandeville geschehen sein mochte, Archie hatte irgendwie damit zu tun.

Aber wie?

Und warum sollte sich ein harmloser Anhänger der Dampfeisenbahn in eine Entführung verwickeln lassen?

Es muss um Geld gehen …

Sie holte ihr Handy aus der Tasche und schrieb an Jack.

Abendessen bei mir? Habe viel zu erzählen!

Ausnahmsweise kam prompt eine Antwort von Jack: *Ich auch! Bis später!*

Als sie ihr Telefon gerade wieder einstecken wollte, läutete es.

»Grace, alles in Ordnung?«

»Alles gut, Sarah. Um nicht zu sagen – *sehr* gut!«

»Branscombe Farm Shop? Sind sie einverstanden?«

»Jap, und zwar mit dem gesamten Programm!«

»Genial! Gut gemacht, Grace!«

»Wir beide haben das gut gemacht! Teamwork. Kommst du noch im Büro vorbei?«

»Ähm, weiß nicht. Es ist schon spät. Vielleicht fahre ich direkt nach Hause. Irgendwelche Nachrichten?«

»Dieser Tim hat angerufen und gesagt, dass er dir

was erzählen will. Ich war nicht sicher, wie wichtig das ist, da habe ich ihm deine Nummer gegeben. War das okay?«

»Tim von der Eisenbahn? Ja, das ist gut.«

»Super. Oh, und was diese andere Geschichte anbelangt, die du angesprochen hast …«

Sarah hatte trotz gewisser Bedenken Grace darum gebeten, ihnen bei dem Fall zu helfen.

»Hast du was gefunden?«

»Die mysteriöse Signora Grisoni? Ich habe jedes Hotel in der Gegend angerufen. Und weißt du was: Ich habe Schwein gehabt! Eine Sofia Grisoni hat im Bell gewohnt, hier in Cherringham, und zwar am letzten Samstag. Eine Übernachtung.«

»Fantastisch!«

»Da ist noch mehr.«

»War sie vorher schon mal da?«

»Genau. *Jeden* Samstag in den letzten sechs Wochen.«

Sarah durchfuhr ein kalter Schauer. Die Dinge fügten sich zusammen. Einzelne Hinweise wurden zu echten Spuren.

Auch wenn sie nach wie vor keine Ahnung hatte, wohin sie führten.

»Wow, das ist riesig! Nochmals, gut gemacht, Grace!«

»Ich habe auch die Kontaktdaten.«

»Wie hast du das denn geschafft?«

»Erinnerst du dich noch an meine Freundin Tracy?«

»Tracy – wie in ›Tracy, die künftige Brautjungfer‹?«

»Genau die. Sie arbeitet gerade halbtags an der Hotelrezeption, und ich kann dir sagen, sie bekommt alles mit. Ich habe eine Beschreibung, eine Adresse, Kontonummer …«

»Grace, du bist die Beste!«

»Dieses Detektivspielen – da geht es doch nur darum, wen man kennt, Sarah!«

»Ha, und ob! Schickst du mir die Daten bitte?«

»Bin schon dabei. Viel Glück! Und wir sehen uns morgen früh.«

»Schönen Abend noch«, sagte Sarah und legte ihr Handy zur Seite.

Die fantastische Grace!

Gleichzeitig war Sarah ein wenig besorgt. All das war sicher nicht … legal. Und obwohl sie es gewohnt war, Gesetze auch mal freier auszulegen, steckte jetzt Grace auch mit drin, was sie stets hatte vermeiden wollen …

Sie sah auf die Uhr.

Der Branscombe Farm Shop könnte noch geöffnet haben, sodass ihr ein wenig Zeit blieb, um dort reinzusehen und etwas Besonderes fürs Abendessen einzukaufen, mitsamt einer Flasche hiesigen Weins … Und danach das Essen mit Jack und Daniel.

Dabei würden sie massenweise Informationen austauschen.

Rasch wendete sie ihren Wagen und fuhr zurück nach Cherringham. Sie war sehr gespannt auf den Abend, der vor ihr lag.

Endlich könnten sich in diesem unmöglichen Fall die Puzzleteile zusammenfügen.

12. Verdächtige Vorgänge

Jack kam in Sarahs Diele und folgte ihr in das kleine Wohnzimmer.

Gemütlicher konnte es hier gar nicht sein: Im Kamin knisterte das Feuer, und auf dem Beistelltisch stand ein Tablett mit einem silbernen Shaker, einem kleinen Eiswürfelbehälter und zwei langstieligen Martinigläsern, jedes mit einem perfekten Zitronenschnitz am Rand.

»Ich dachte«, sagte sie, »dass wir hier vor dem Abendessen ein bisschen Notizen vergleichen könnten.«

»Gute Idee.« Jack setzte sich auf einen der beiden Sessel am Kamin. »Andernfalls müssten wir Daniel zum Mitglied unseres Teams machen.«

»Apropos Mitglied unseres Teams: Grace habe ich schon viel zu viel machen lassen.«

»Und ich wette, sie findet es klasse!«

»Das stimmt«, bestätigte Sarah. »Aber, Jack, ich bin ein bisschen nervös, dass sie womöglich irgendwann in Schwierigkeiten geraten wird, weil sie bei ihren Recherchen gegen Gesetze verstoßen hat.«

»Es ist heikel, klar.« Sarahs Sorge um ihre junge Geschäftspartnerin überraschte ihn nicht. »Aber ich bin sicher, dass du das im Griff hast.«

»Hoffe ich mal.« Dann zeigte sie auf den Shaker. »Möchtest du übernehmen?«

Jack griff nach dem gekühlten Shaker, befüllte ihn mit Eis und Wodka und schüttelte so fest, wie er konnte.

»Was für ein Klang, hm?«, brummte er.

»Der läutet auf jeden Fall das Ende des Tages ein.«

»Oh ja!«

Jack reichte Sarah ein Glas, und als er auch sich eingeschenkt hatte, stießen sie an.

»Auf dass wir Bernard Mandeville finden«, sagte Sarah.

Nach dem ersten eisigen Schluck klappte Jack seinen Notizblock auf, und Sarah tat es ihm gleich.

»Also, der Arztbesuch. Irgendwas Wissenswertes?«, fragte er.

»Würde ich schon sagen. Es war ein bisschen Druck nötig. Die Ärzte heutzutage verletzen nur sehr ungern die gesetzlichen Regelungen.«

»Ist mir auch schon aufgefallen. Und?«

»Finch erzählte mir, dass er seit Jahren der behandelnde Arzt von Bernard ist. Und auch wenn er die normalen, altersbedingten Probleme hatte, so war nie etwas Dramatisches bei ihm festzustellen.«

»Also war er in Wirklichkeit nicht der gebrechliche alte Mann, den alle sonntags in den Zug steigen sahen?«

»Ganz genau. Doch vor ungefähr einem Jahr war seine Familie auf einmal unzufrieden mit dem Arzt und …«

Sarah verstummte abrupt, denn sie sah, dass Jack bei ihren letzten Worten zu lächeln begann. »Warte – was ist daran komisch?«, wollte sie wissen

»Ähm, warte ab, bis ich dran bin«, antwortete er. »Erzähl erst mal weiter!«

Vielleicht, dachte sie, *würde dies ein Abend voller Überraschungen sein.*

»Also trennten sie sich von Finch und holten diesen Arzt aus London.«

»McTavish.«

»Und der betreut ihn seitdem.«

Jack nickte.

»Aber stell dir vor: McTavishs Website ist *uralt* und voller Gefasel über ganzheitliche Medizin und Naturheilkuren. Und als ich die Praxisnummer anrief, ging gleich der Anrufbeantworter an. Keine Ansage, nur ein Piepen. Verdächtig, findest du nicht auch?«

Und nun nickte Jack ein weiteres Mal. »Ja, und um es noch suspekter zu machen … warte ab, was ›der Butler‹ zu sagen hatte.«

»Erzähl! Denkst du, er ist in das verwickelt, was immer hier los sein mag?«

»Da bin ich mir nicht sicher. Er und seine Tochter verhalten sich auf jeden Fall verdächtig. Aber nach ein wenig sanftem Stupsen ließ Seddon eine ziemlich interessante Bemerkung fallen.«

Jack trank einen weiteren Schluck von seinem Martini. Vermutlich genoss er die Spannung, die er durch das Hinauszögern der Information erzeugte.

»Wie sich herausgestellt hat, sind diese drei Kinder, Bernards ›Familie‹ …?«

»Ja?«

»Nicht seine. Alle drei sind die Sprösslinge seiner zweiten Frau.«

»Im Ernst?«

Sie nahm ihr Glas auf.

Darüber lohnt es sich allemal nachzudenken.

»Wow! Das ist wirklich verdächtig. Immerhin haben sie das mit keiner Silbe erwähnt!«

»Ich weiß. Dieses ganze Gerede von ›Daddy‹ … und dabei sind sie nur die Stiefkinder.«

Für einen Moment kam das einzige Geräusch im Zimmer vom Kamin, wo das Feuer knisterte, die Scheite knacksten und fauchten und die Flammen nach oben züngelten.

»Aber, Jack, das Komische ist doch, dass sie zu uns gekommen sind, damit wir ihnen helfen. Sie haben uns gebeten, herauszufinden, was passiert sein könnte. Also, falls sie irgendwas getan haben …«

»Ich weiß. Das ergibt keinen Sinn.«

»Und der Arzt? Es könnte doch sein, dass sie einfach kein Vertrauen zu Finch hatten, oder?«

»Könnte sein.«

Sarah erkannte an Jacks Tonfall, dass er das nicht glaubte.

Sie stand auf.

»Viel Stoff zum Nachdenken.«

»Ja, und wir sind immer noch nicht weiter, was die Lösung des Unmöglichen angeht.«

»Wie wäre es, wenn ich die Pasta ins Wasser werfe und die Bolognese auf den Tisch bringe? Hast du Lust zu helfen?«

»Immer!«

»Und beim Kochen erzähle ich dir, was passiert ist, als ich bei Archie Reynolds zu Hause war.«

»Hat er viel gesagt?«

»Nein, aber seine Frau auf schräge Weise schon …«

Sie ging in die Küche, und Jack folgte ihr. Bald würde Daniel hinzukommen, und dann müssten sie die Unterhaltung über den verschwundenen Gentleman unterbrechen.

Sarah beobachtete, wie Jack den großen Laib Landbrot schnitt, wobei er vorsichtig mit dem Sägemesser umging. Von der knusprigen Kruste flogen kleine Krümel auf das Schneidebrett.

»Hast du das Brot hier gekauft?«, fragte er.

»Ja, in dem neuen Hofladen, für den wir neuerdings arbeiten. Der ist *fantastisch.*«

Unterdessen hob Sarah die Bucatini mit einer Zange aus dem Topf und gab sie in eine große Schüssel aus Delfter Porzellan, die mit einem dunkelblauen Kaninchen verziert war.

»Die machen dort alles selbst: das Brot, die Pasta, die Bolognese. Und du solltest mal deren Steaks sehen, Jack!«

Sie schöpfte die Soße auf die dampfenden Nudeln, und Jack brachte das geschnittene Brot zum Tisch. Genau in dem Moment kam Daniel herein.

»Hey, Daniel«, grüßte Jack.

»Hi, Jack!« Daniel nickte.

Früher mal hatte Sarahs Sohn den NYPD-Detective mit endlosen Fragen bombardiert. Aber heute ... wurde seine gesamte Aufmerksamkeit anscheinend vom eigenen Handy in Anspruch genommen.

Und der Person, mit der er Textnachrichten austauschte.

»Daniel«, sagte Sarah. »Handys? Beim Essen?«

Er nickte erneut, sprang förmlich auf seinen Stuhl und steckte das Handy ein.

All diese Energie, dachte sie. *Teenager sind regelrecht explosiv.*

»Mum, Sam hat eben geschrieben. Rate mal, was er und seine Familie in den Ferien machen!«

Sarah sah, wie ihr Sohn von ihr zu Jack blickte, als wäre es ein Spiel.

Nur dass er nicht auf eine Antwort wartete.

»Sie fliegen alle nach New York! New York! Das müssen wir auch mal.«

Jack drehte sich lächelnd zu Sarah um.

Sie ließ sich Zeit. Daniel träumte schon lange davon, die Stadt zu sehen, die er aus Filmen und Serien so gut kannte.

Und aus Jacks Erzählungen.

Aber ihr Sohn wusste auch, dass es für eine alleinerziehende Mutter schwierig sein konnte, das Geld für solch eine Reise aufzubringen.

Doch sie erwiderte: »Bald vielleicht, Daniel. Bei der Arbeit ist es gerade hektisch.«

»Tja, wenn ihr hinreist, sollte ich lieber mitkommen«, sagte Jack. »Ist eine Weile her, seit ich zuletzt dort war. Und ihr hättet den besten Fremdenführer.«

Sarah sah Daniel an, dass ihn allein schon das Sprechen über solch eine Reise *aufputschte*, wie es die Jugendlichen nannten. Was ihn jedoch nicht davon abhielt, sich auf die Bolognese zu stürzen.

»Mum, diese Soße, die du gekauft hast, ist super! Sogar noch besser …« Er bremste sich. »Ähm, fast so gut wie deine!«

Sarah lachte.

»Was habe ich gesagt, Jack? Der neue Hofladen ist wirklich …«

In diesem Augenblick klingelte ihr Handy.

Normalerweise würde sie es ignorieren.

Die Leute konnten Nachrichten hinterlassen.

Doch sie waren mitten in einem Fall, also hob sie eine Hand. »Ich will nur kurz nachsehen …«

Sie holte das Handy aus ihrer Tasche.

Auf dem Display erschien der Name.

Tim Waite.

Er hatte gesagt, dass er anrufen würde.

Und sie drückte die grüne Taste und stand vom Tisch auf.

13. Alle Lichter aus

Jack beobachtete, wie Sarah näher zum Herd ging. Und während er mit der Gabel Pasta aufdrehte – die war wirklich sagenhaft –, hörte er Sarah zu.

»Tim, ja. Nein, alles in Ordnung. Nur … Abendessen …«

Dann war sie still und hörte zu.

»Aha. Gut. Auf der Rückfahrt, sagen Sie?«

Jack sah, dass sie ihm einen Blick zuwarf.

»Wann genau?«

Noch eine Pause.

»Gut. Okay. Das ist … interessant. Es muss nicht unbedingt etwas bedeuten. Aber danke … Ehrlich. Ja … Und einen schönen Abend noch!«

Sarah machte große Augen, als sie ihr Telefon wieder einsteckte und an den Tisch zurückkehrte.

Dort widmete sie sich wieder ihrer Pasta.

Bis Jack fragte: »Und das war?«

Er bemerkte, dass sie zögernd zu Daniel blickte.

»Tim Waite.«

Jack nickte.

Natürlich, sie hatte diesem Tim – und dem alten Reg Syms – gesagt, dass sie anrufen sollten, falls ihnen etwas einfiel. Und nun, schätzte Jack, war Tim etwas eingefallen.

Und Jack vermutete, dass Sarah in Daniels Anwesenheit lieber nichts erzählen wollte. Doch dann legte sie ihre Gabel hin, trank einen Schluck Brunello und schüttelte den Kopf.

»Er sagte – na ja, es war ihm gerade wieder eingefallen –, dass auf der Rückfahrt, kurz vor dem Winsham-Tunnel, auf einmal alle Lichter im Zug ausgingen.«

»Was?«

»Tim dachte nicht, dass es wichtig wäre. Sie fielen nur für wenige Minuten aus. Hinter dem Tunnel gingen sie wieder an.«

Jack sah hinüber zu Daniel. Normalerweise würden sie solch ein Gespräch nicht vor ihm führen.

Aber mit dem Anruf eben … war dieser Zug wohl abgefahren.

»Ich schätze«, sagte Jack nach kurzem Überlegen, »dass es nicht weiter wichtig ist. Zuglichter können schon mal an- und ausflackern, und es war Tag. Ich meine …«

Er wandte sich mit fragendem Blick zu Sarah um, als hätte er irgendwas verpasst.

»Was macht das für einen Unterschied?«

Doch es war nicht Sarah, die hierzu etwas zu sagen hatte.

Sondern ihr Sohn.

»Gar keinen, Jack, es sei denn, du bist *im* Winsham-Tunnel.«

Hierauf schaute Jack den Jungen an, der mit jedem Tag mehr wie ein Mann aussah. Er war jetzt schon größer als seine Mutter.

»Was meinst du damit?«, fragte Sarah.

»Ohne Licht? Könnt ihr euch das vorstellen? Und dieser alte Tunnel – wow, der ist ewig lang!«

Hier stutzte Sarah.

»Und das weißt du … woher?«

Daniels Miene nach zu urteilen, wurde dem Jungen jetzt erst bewusst, dass er sich in eine Falle hineinmanövriert hatte.

»Ähm, na ja, ich …«

Seine Mutter sah ihn so streng an, dass er die Wahrheit gestand.

»Vor einer Weile habe ich mit ein paar Freunden … Also, wir dachten, wir gehen da mal durch. Es ist einer der längsten Tunnel in Südengland. War irgendwie cool.«

Daniel wurde munterer. Jack dachte, dass er womöglich hoffte, diese eindeutig gefährliche Aktion als etwas relativ Normales zu verkaufen.

»Von diesem kleinen Abenteuer hast du mir gar nichts erzählt«, sagte Sarah matt.

Dann wandte sie sich wieder zu Jack.

»Daniel hat recht. Erinnerst du dich, wie wir durch den Tunnel gefahren sind? Ohne Licht wäre es stockfinster gewesen.«

Jack nickte nachdenklich. Zugleich war er sich sicher, dass sie immer noch etwas übersahen.

»Aber … selbst wenn. Wir haben die Abteile gesehen, die Fenster. Und ich wüsste nicht, wie jemand tatsächlich *aus* einem fahrenden Zug kommen könnte. Zudem sind die Tunnelwände ganz nah. Da ist kein Platz –«

»Das ist es ja gerade«, fiel Daniel ihm ins Wort. »Als wir durch den Tunnel gegangen sind, haben wir diese … Dinger gesehen … Sind so was wie Türnischen. Die gibt es ungefähr alle hundert Meter. Eine Art Öffnung. Ich schätze, die Arbeiter haben da Sachen gelagert oder so. Aber als wir daran vorbeigingen, waren die alle leer.«

Jack sah zur Seite.

Für einen Moment schwiegen alle drei.

Sie dachten über den Tunnel nach, das erloschene Licht, den brausenden Zug – und den verschwundenen Bernard Mandeville.

Sarah wartete auf eine Eingebung.

Sie war nicht sicher, was das alles bedeuten könnte, aber die Einzelteile fügten sich zusammen: der Lichtausfall, der dunkle Tunnel, die Nischen, die Daniel beschrieb …

Irgendwie schien das alles wichtig zu sein.

Und gewiss war es kein Zufall.

Dann schüttelte Jack den Kopf und grinste.

Und obwohl sie nicht wusste, was er sagen wollte, erkannte sie an seinem Blick, dass es interessant sein könnte.

Und wenn sie Glück hatten, auch erhellend.

»Zwar heiße ich solche Dinge nicht gut, doch ich vermute, es bleibt uns keine andere Wahl.«

Nun ahnte Sarah, was er sagen würde.

»*Wir* müssen auch durch den Tunnel wandern.«

»Denkst du, das erlauben sie?«, fragte Sarah.

»Vielleicht«, erwiderte Jack. »Obwohl ich mir vorstelle, dass es ein oder zwei Tage dauern könnte, das zu organisieren. Allerdings …«

»Was?«

»Falls der Tunnel etwas mit dem zu tun hat, was mit Bernard passiert ist – dann möchten wir doch niemanden vorwarnen, dass wir dort nachsehen, oder?«

Sarah nickte. »Also meinst du, wir sollten es einfach machen? Ist das nicht ein bisschen gefährlich?«

»Die Züge fahren nur einmal in der Stunde. Wenn wir das richtig planen, wird uns nichts passieren.«

Sie sah, dass Daniel breit grinste. Seine Mutter hatte vor, dasselbe Verbotene zu tun wie er.

»Was meinst du?«, fragte Jack.

Sarah war bewusst, dass Daniel sie beobachtete. Doch sie nickte.

»Ja, du hast recht.« Dann drehte sie sich zu Daniel um. »Aber kein Wort zu irgendjemandem. Ist das klar?«

Daniel bejahte stumm. Auch wenn er sich mit zunehmender Regelmäßigkeit ihren Anweisungen widersetzte, wusste sie, dass sie sich hierbei auf ihn verlassen konnte.

So war er einfach.

Jack stand auf.

»Also abgemacht. Morgen in aller Frühe, hm? Ich sehe mal in den Fahrplan. Hol mich auf dem Weg ab, und dann gehen wir rein.«

Damit drehte er sich zu Daniel um, der ihnen eben eine sehr wichtige Information gegeben haben dürfte.

»Doch vorher … räumen wir ab, nicht wahr, Daniel?«

Der Junge sprang auf und half Jack, die Teller, das Besteck und die Schüssel mit dem Rest der leckeren Pasta abzuräumen.

Derweil blieb Sarah sitzen, genoss den letzten Schluck Wein und dachte an den langen dunklen Tunnel.

14. Licht am Ende des Tunnels

Sarah parkte ihren Wagen nahe einer kleinen Anhöhe, gleich unterhalb der Gleise, wo sich der Osteingang des Winsham-Tunnels befand.

Der Platz schien ihr sicher genug, obwohl sie zugeben musste, dass es ein wenig seltsam wirken könnte, wenn ein Wagen unterhalb der Bahngleise stand, da es keine Läden oder Wohnhäuser in der Nähe gab.

Sie sah Jack an. »Bereit?«

Er nickte, öffnete seinen Rucksack und holte die wohl längste Taschenlampe hervor, die Sarah je gesehen hatte.

»Wow! Eine wirklich beachtliche Taschenlampe.«

Jack knipste sie an und wieder aus. Selbst in der Morgensonne schien sie grell.

»Normale NYPD-Ausrüstung. Dient auch als praktischer Schlagstock, falls nötig.«

»Was es nicht sein wird ...«

Sie stieg aus ihrem Auto und ging als Erste den Grashang hinauf zum Tunnel.

Oben gab es zwar keinen Zaun, aber ein Schild, das vor dem Offensichtlichen warnte.

»*Eigentum der Great Cotswolds Steam Railway. Betreten des Tunnels ist strengstens verboten. Jede Zuwiderhandlung wird angezeigt ...*«

Darunter folgte in kleineren Lettern, als wäre den Verfassern der Platz auf dem Schild ausgegangen:

»*... und mit der ganzen Strenge des Gesetzes bestraft.*«

»Tja, es wäre nicht das erste Mal, dass wir Regeln

beugen, um an die Wahrheit zu gelangen, hm?«, meinte Jack.

»Ich denke allerdings, dass wir in *diesem* Fall *eindeutig* gegen das Gesetz verstoßen, oder?«

Jack schenkte ihr einen Blick, der auszudrücken schien: *Wer A sagt, muss auch B sagen.*

Sie standen neben den Gleisen, und Sarah blickte in die andere Richtung. Dort konnte man die Bahnstrecke einige hundert Meter weit überblicken, ehe sie eine Biegung machte und auf dem Weg nach Cherringham Junction in einem Waldstück verschwand.

Dann schaute sie wieder zum Tunnel. Unter dem viktorianischen Mauerwerk verschwand das einzelne Gleis in der Dunkelheit.

Und über dem Eingang zum Tunnel ragte der Winsham Hill auf.

Der Berg war zu groß, um ihn zu umrunden, weshalb damals die furchtlosen Ingenieure sich einen Weg hindurchgebohrt hatten.

Das Gleis schien beinahe die Tunnelwände zu beiden Seiten zu berühren.

»Ich nehme an, dass die Polizei den Tunnel nie abgegangen ist«, sagte Jack. »War nicht nötig. Der Zug hielt an dem Tag nicht auf der Strecke, und wie wir selbst gesehen haben, ist hier kaum Platz, um eine Tür zu öffnen.«

»Aber du denkst, dass etwas passiert ist?«

»Ich glaube nicht an Zufälle. Und dass die Lichter ausgingen …«

Sarah nickte und spähte in die Dunkelheit. Plötzlich kam ihr diese Idee nicht mehr so toll vor. Und der Gedanke, dass Daniel und seine Freunde hier »zum Spaß« reingegangen waren, brachte ihren Puls zum Rasen.

Stille. Sie konnte nur ganz leise einige Krähen hören,

die in den Bäumen auf der anderen Seite der Gleise hockten. Jack blickte auf seine Uhr.

»Hast du den Fahrplan überprüft?«, fragte sie und versuchte sich ihre Nervosität nicht anmerken zu lassen.

»Der nächste Zug geht erst in einer Stunde. Heute ist Werktag, und da gilt der ›blaue‹ Plan.«

»Dann haben wir reichlich Zeit, bis zum anderen Ende zu gehen«, sagte sie munter.

»Sicher.«

»Und danach eine nette Wanderung über den Hügel zurück. Die dürfte uns Appetit aufs Mittagessen machen, hm?«

»Perfekt«, antwortete Jack grinsend.

Er schaltete seine Taschenlampe ein und ging voraus in den Schlund des Tunnels.

Es war ein Segen, dass sie Jacks riesige Taschenlampe hatten.

Im Tunnel gab es keine Beleuchtung, wie Daniel bereits gesagt hatte, und mit der dicken Rußschicht an den Wänden hätte es hier drinnen gar nicht dunkler sein können.

Während sie über das Gleis wanderten – wobei sie sich bemühten, nicht in den groben Schotter zu treten, sondern auf den Holzschwellen zu bleiben –, schwenkte Jack den Lichtstrahl langsam zwischen Schienen und Wänden hin und her.

Und sah – natürlich – nichts.

»Es wird kalt«, stellte Sarah fest, als sie ein gutes Stück von der Öffnung entfernt waren. »Und klamm.«

»Wir werden schätzungsweise eine halbe Stunde brauchen, wenn wir zügig gehen«, entgegnete Jack. »Da wird uns bald warm.«

Sie nickte, was Jack jedoch nicht sah.

Und obwohl hier nichts außer Gleisen, dunklem Gemäuer und dem unheimlichen Echo ihrer Stimmen war, fühlte sich der Marsch durch den Tunnel definitiv gefährlich an.

Hin und wieder leuchtete Jack mit seiner Taschenlampe höher.

Sarah war klar, was er tat: Er suchte nach diesen Nischen, die Daniel beschrieben hatte.

Aller Dunkelheit zum Trotz konnten sie erkennen, dass die Mauern aus glattem Stein waren, hier und da Wasser an ihnen herabrann und – bisher zumindest – nirgends eine Öffnung war.

Zehn Minuten vergingen. Zehn Minuten, in denen sie sich mit den Füßen über grobe Steine tasteten, die Luft immer kühler und die Dunkelheit noch dichter wurde – sofern Letzteres überhaupt möglich war.

Dann aber …

»Hey«, sagte Jack. »Gleich da vorn! Siehst du das?«

Und als Sarah aufblickte, erkannte sie eine Öffnung im hellen Schein der Taschenlampe.

Zwar fand Sarah es erfreulich, dass Daniels Beschreibung zutraf, doch blieb sie unsicher, ob es irgendwas für ihren Fall bedeuten könnte.

Sie gingen etwas schneller auf die Öffnung direkt vor ihnen zu.

Und ganz plötzlich hörten sie ein Geräusch weit hinter sich.

Das Pfeifen einer Lokomotive. Dann noch einmal, nun etwas näher.

Sarah drehte sich zu Jack um, dessen Gesicht, genau wie ihres, von den schwachen Lichtreflexionen der Gleise erhellt wurde.

»Jack, der Zug. Hattest du nicht gesagt …?«

Doch sie wurde von einem weiteren schrillen Pfeifen unterbrochen.

Und Jack erwiderte: »Es bleibt keine Zeit, hier rauszulaufen, egal in welche Richtung.« Er leuchtete zu beiden Enden des Tunnels.

»Komm!«

Und als ob sie in Erwägung ziehen könnte, ihm nicht zu folgen, packte er ihre Hand und zog sie im Laufschritt mit sich.

Beiden war bewusst, dass sie nunmehr vor einem Zug flohen, der zwar alt und nach heutigen Maßstäben nicht sonderlich schnell war, jetzt aber in den Tunnel einfuhr und direkt auf sie zugedonnert kam.

Jack beeilte sich, Sarah in die Nische zu ziehen, und in der Hektik fiel die Taschenlampe zu Boden.

Sarah prallte gegen die Innenwand der winzigen Vertiefung, wo sich der Stein rau anfühlte, und spürte, wie Jack sich neben sie drängte. Es war eng und niedrig, sodass er sich ein wenig ducken musste.

Noch ein Pfeifen, das wie ein gewaltiges Heulen durch die Tunnelröhre hallte. Das Lärmen der Dampfmaschine war nun sehr nahe.

Jack stand am Außenrand der Nische, wo er dem Windzug der Waggons ausgesetzt war, die gleich hier vorbeirauschen würden.

Und in den wenigen Sekunden, bevor der Zug sie schließlich erreichte, wurde Sarah noch etwas anderes klar …

Wie nahe Jack ihr war.

Sie konnte seine regelmäßigen Atemzüge fühlen, was hieß, dass er ihre ebenso spürte …

Mit einem Luftschwall, wie Sarah ihn noch nie erlebt hatte, ratterte die Lok mit ihren kreischenden Rädern dicht an ihnen vorbei, und sie drückten sich noch fester in den Alkoven hinein.

Der Rauch, Dampf und Ruß waren überwältigend in dieser Enge.

Während Jack sie in den Armen hielt, presste Sarah sich fest gegen die Wand und bekam fast keine Luft mehr. Ihre Augen brannten, und sie unterdrückte einen starken Hustenreiz.

Ähnlich einer uralten Bildertrommel flogen die flackernden Fenster der Personenwagen vorbei.

Würde jemand aus dem Zug blicken, sähe er nichts als Dunkelheit. Eventuell einen Umriss, aber nichts, was verdächtig wirken könnte.

Und auch wenn es nur Sekunden dauerte, bis der Zug an ihnen vorbeigerast war, schien es ewig zu währen …

Bis …

Er fort war.

Sarah spürte, wie Jack von ihr weg und zurück auf die Gleise trat, und hörte ihn in dem wirbelnden Rauch und Dampf husten, der um sie herum waberte.

Sie sackte in der Nische auf die Knie, weil ihre Beine nachgaben – eine Hand an die raue, feuchte Mauer gepresst, die andere auf den Kies gestützt. Endlich gelang es ihr, tief Luft zu holen.

Sie spürte Jack eher, als dass sie ihn sah. Er war nur ein paar Meter entfernt und hustete immer noch.

»Alles … okay?«, fragte er heiser.

»Geht so.«

Nur ganz undeutlich vermochte sie zu erkennen, dass Jack die Taschenlampe aufhob und sie herumschwenkte; schlagartig waren sie nicht mehr von Dunkelheit umgeben.

Beide husteten noch ein wenig, dann sagte Sarah: »Ich dachte … du hast den Fahrplan überprüft.«

»Habe ich auch. Heute ist ein Werktag, da gilt der blaue Fahrplan …«

Doch auf einmal stockte er.

»Es sei denn …«

Sie bemerkte, wie er in beide Richtungen durch den Tunnel blickte, der allerdings leicht gebogen war, sodass sie die jeweiligen Enden nicht sehen konnten.

»Was?«

Er drehte sich zu ihr um.

»Ist heute vielleicht … ein Renntag?«

Sie lachte und musste prompt wieder husten. »Renntag … klar. Ich bin nicht gerade … eine Pferdenärrin, Jack. Aber ich vermute, das muss es wohl sein.«

»Renntage …« Er hustete wieder. »Da gilt der rote Fahrplan, ähm … nicht der blaue.«

»Ein verständlicher Fehler.«

Endlich konnte sie wieder normal atmen und sah, wie der Rauch und Dampf dünner wurden. Als sie ihre Hand bewegte, um sich aufzurichten, berührte sie einen Schuh.

Der ist von Jack, nahm sie an. *Den muss er verloren haben, als wir vom Gleis gerannt sind.*

Sie hielt ihn in einer Hand und stützte sich mit der anderen an der Mauer ab.

»Wenn wir das noch mal machen«, sagte Jack, »passe ich besser auf.«

»Wenn wir das noch mal machen, bin ich für den Fahrplan zuständig!«

Nun lachten beide, und Jack drehte sich dem Tunnelabschnitt zu, den sie noch begehen wollten.

»Wollen wir weiter?«

»Brauchst du den hier nicht?«, fragte sie und hielt den Schuh in die Höhe.

Jack richtete den Lampenstrahl auf ihre Hand, und jetzt erkannte sie genau, was sie da festhielt.

Es handelte sich um einen hellbraunen, blitzblank polierten Schuh, einen Budapester, dessen feines Lochmuster an der Spitze eine heraldische Lilie darstellte. Das Leder schimmerte im Lampenlicht.

Genau diese Art Schuh würde ein älterer Gentleman tragen.

Und ganz sicher gehörte der nicht Jack.

Er starrte den Schuh an. Einen Moment lang waren sie beide stumm.

Dann nahm Jack ihn.

»Denkst du dasselbe wie ich?«

Sie nickte. Dann beobachtete sie, wie er den Lampenstrahl langsam schwenkte, um den Tunnel erneut abzuleuchten.

Er berührte ihren Arm.

»Da vorne!«

Jack richtete das Licht direkt auf eine Stelle etwa fünfzehn Meter weiter.

Zunächst glaubte Sarah, dort kauerte jemand an der Tunnelwand. Die Umrisse auf dem Boden waren nicht recht auszumachen. Könnte dort jemand hocken – ein verzweifelter Obdachloser oder jemand, der sich versteckte?

Oder, schlimmer noch, war es die Leiche von Bernard Mandeville? Sarah erschauderte, denn bei dem Gedanken überlief es sie eiskalt.

Könnte der alte Mann irgendwie gestolpert und in seiner Verwirrung aus dem Zug in die Dunkelheit des Tunnels gefallen sein, wo seine Leiche seit einer Woche unentdeckt lag …

Doch als sie langsam auf den Umriss zugingen, wurde klar, was dort lag.

Als Erstes beleuchtete die Taschenlampe eine Hose, in die ein Jackett verschnürt war, und schließlich – als sie neben einer zweiten Nische waren – noch einen Schuh.

Sarah hockte sich hin, betrachtete den Abstand zwischen den beiden Schuhen und fand, dass es aussah, als wären sie …

… einzeln weggeworfen worden.

»Jack, glaubst du, die wurden aus dem Zug geworfen? Und …«

Sie nahm den zweiten Schuh auf …

»Es ist genau die Art von Kleidung, die ein Bernard Mandeville tragen würde.«

Obwohl das Licht direkt auf das Kleiderbündel gerichtet war, konnte Sarah sehen, dass Jack zustimmend nickte.

»Genau. Und das ließe sich leicht überprüfen.«

»Der Butler?«

Noch ein Nicken.

Dann wandte er sich zu ihr.

»Bernard Mandevilles Kleidung, die hier rausgeworfen wurde …«

»Als die Lichter aus waren und niemand etwas sehen konnte.«

Jack wirkte immer noch verwirrt. Sie hatten tatsächlich etwas gefunden – nur was bedeutete das?

»Jack, warum sollte jemand das tun?«

»Es ist ein Beweis«, antwortete er. »Daran besteht kein Zweifel. Aber ein Beweis wofür?«

Er begann vorsichtig die Sachen aufzuheben, legte sorgfältig die Hose zusammen, als sollte sie eingepackt werden. Dann hängte er sich das Tweedsakko über den Arm und nahm das Schuhpaar mit seiner freien Hand.

»Ich denke ...«

Doch sie wusste bereits, was er sagen würde.

»Wir sollten die Aufzeichnungen der Überwachungskameras noch mal durchgehen.«

»Richtig. Guckt man sich dies hier an – und mit dem Wissen, dass es im Zug dunkel war –, würde ich sagen, dass wir etwas übersehen haben.«

Sie griff nach seiner Taschenlampe.

»Ich nehme die. Halte du die Beweise fest. Falls es denn welche sind.«

Nun drehte sie sich in die Richtung um, aus der sie gekommen waren, und sie machten sich auf den Rückweg.

Sarah ging durch den Kopf, dass sie mit den Sachen den ersten echten Kontakt zu dem Mann hatten, der Züge liebte und aus einem verschwunden war.

Und während sie zurückmarschierten, dachte Sarah darüber nach, was ihr Fund bedeuten könnte. Allmählich bildete sich in ihrem Kopf eine Theorie aus.

So befremdlich sie sein mochte, schien sie zumindest eine der Fragen in diesem sehr seltsamen Fall zu beantworten.

Sollte Sarah recht haben, würde sich alles enthüllen, wenn sie nochmals die Aufzeichnungen der Sicherheitskameras durchgingen.

15. Die Kameraaufzeichnungen

»Noch mal?«, fragte Reg Syms, der Sarah durch das vergitterte Fahrkartenfenster beäugte. »Sie wollen sich das alles schon wieder ansehen?«

»Wenn es Ihnen nichts ausmacht, Mr Syms«, antwortete Sarah. »Wir wären Ihnen wirklich sehr dankbar.«

Sie sah, wie er sich vorlehnte, um auf den Bahnsteig zu schauen – vielleicht in der Hoffnung, dass dort wie von Zauberhand eine Menschenmenge auftauchte, die ihn davor bewahrte, Jack und Sarah in sein Büro zu lassen – in sein Heiligtum.

Doch der Bahnsteig war leer. Sarah wusste, dass der nächste Zug erst in einer Stunde ging.

Hinter Reg konnte sie Tim Waite sehen. Der Ehrenamtliche lächelte und winkte ihr diskret zu.

»Es ist recht dringend«, betonte Sarah, als Reg sich auf seinem Hocker zurücklehnte und sie verständnislos ansah.

»Sehr dringend«, korrigierte Jack, der zu ihr ans Fenster trat.

Reg Syms schürzte die Lippen. Dann ordnete er den kleinen Fahrkartenstapel, legte ihn in eine Schublade, verschloss sie und blickte wieder sekundenlang die beiden an.

»Na schön«, willigte er ein. »Aber das ist wirklich gegen die Regeln. *Äußerst* regelwidrig.«

Er stand auf, ging zur Bürotür und schloss sie auf.

Sarah sah Jack an und zwinkerte ihm zu.

»Komm mit«, sagte sie und schritt voraus zum Büro.

Jack verlagerte sein Gewicht auf dem winzigen Holzstuhl und sah über Sarahs Schulter zu dem Monitor.

Reg war zum Mittagessen in das kleine Café gegangen, sodass Tim die Stellung im Büro hielt.

Und Letzterer war ausgesprochen hilfsbereit. Er sortierte die diversen DVDs mit den Aufzeichnungen aus Cheltenham und Cherringham Junction, schaltete den Apparat ein und brachte ihnen sogar Tee.

Nun lag es ganz bei Sarah – und ihrer Theorie, die sie Jack bisher nicht verraten hatte.

Ihm gefiel es, dass sie überhaupt eine hatte, und er konnte es nicht erwarten, sie zu hören.

»Okay; die sind wir schon durchgegangen«, sagte sie, während sie eine DVD in den Player schob. »Aber da wussten wir nicht, wonach wir suchen.«

»Und das wissen wir jetzt?«, fragte Jack.

»Kann sein. Also gut … Ah, hier wären wir. Racecourse, Hauptbahnsteig, Kamera zwei, fünfzehn Minuten vor der Ankunft des Zugs. Lassen wir das mal vorlaufen. Okay! Jetzt … Erkennst du jemanden, Jack?«

Jack schaute genau hin. Der Bahnsteig war fast leer. Zwei Ehrenamtliche. Ein älteres Paar, das auf einer Bank saß. Dann kam eine Familiengruppe: Erwachsene, Kinder, Buggys.

»Hey, das ist der Vikar mit seiner Frau, wenn ich mich nicht täusche. Und die anderen sind …?«

»Richtig, der Bruder des Vikars, seine Schwägerin und die drei Kinder – ich traf sie letzte Weihnachten bei einer Lunchparty meiner Mutter. Außerdem … seine Tante und sein Onkel. Ich habe ihn gestern angerufen und nachgefragt.«

»Das ist die Gruppe, die Sie erwähnt hatten, nicht wahr, Tim?«, fragte Jack, der sich zu dem Ehrenamtlichen umblickte.

Tim Waite nickte.

»Okay. Jetzt schnell vorwärts. Noch ein alter Herr auf dem Bahnsteig. Niemand sonst. Und – bitte anhalten und dann im normalen Tempo weiter – hier kommt der Zug.«

Jack sah, wie der Zug in den Bahnhof einfuhr und in einer Wolke von Rauch und Dampf anhielt.

Für wenige Sekunden war die Sicht auf den Bahnsteig versperrt.

»Jetzt pass gut auf«, sagte Sarah zu Jack und wies zur Gruppe des Vikars, die nun im Begriff war, in den Zug zu steigen. »Und zähl die Erwachsenen.«

Jack konzentrierte sich auf die Gruppe – und begriff sofort, was Sarah meinte.

»Augenblick, da ist ein Erwachsener mehr!«

»Genau.« Sarah hielt das Band an, und Jack beugte sich vor.

»Eine Frau«, stellte er fest. »Mitten in der Gruppe.«

»Sie fügt sich gut ein, oder nicht?«, fragte Sarah schmunzelnd.

»Was sagt man dazu!«

»Der Vikar erzählte, sie sei sehr freundlich und gesprächig gewesen. Hat geholfen, die Kinder in den Zug zu heben. Dem Akzent nach tippte er auf eine Italienerin …«

»Moment – Signora Grisoni?«

»Dasselbe dachte ich auch«, erwiderte Sarah.

Sie ließ das Video Bild für Bild weiterlaufen. Jack konnte die Frau deutlich erkennen: ungefähr fünfundvierzig Jahre alt, dunkles Haar, dunkelblauer Mantel, und sie trug zwei Plastiktüten.

»Achte auf die Tüten«, sagte Sarah.

»Tue ich.«

Er beobachtete, wie Sarah sich vorbeugte, die DVD aus dem Gerät nahm und eine andere einschob.

»Wechseln wir nach Cherringham Junction eine halbe Stunde später.«

Jack schaute auf die neue Ansicht: der Bahnhof, wo sie sich jetzt befanden. Dann fuhr der Zug ein. Wieder vernebelten zunächst Rauch und Dampf die Sicht. Sarah wies mit dem Zeigefinger auf einen Waggon des Zugs.

»Da ist das Erste-Klasse-Abteil, von dem wir glauben, dass Bernard dort saß. Und dort auf dem Bahnsteig wartet unser Freund Theo auf ihn. Jetzt verlangsame ich noch ein bisschen. Siehst du, wie die Türen aufgehen?«

Jack sah aufmerksam hin. Einer nach dem anderen stiegen die Fahrgäste aus dem vollen Zug und bildeten eine bunte Menge auf dem Bahnsteig.

»Also gut, suchen wir nach der mysteriösen Frau im dunkelblauen Mantel«, sagte Sarah und wechselte zwischen den einzelnen Kamerawinkeln.

»Da ist sie!« Jack stand von seinem Stuhl auf und zeigte auf den Bildschirm. »In dem Wagen hinter der ersten Klasse.«

Er beobachtete, wie sie aus dem Waggon stieg und sich auf dem Bahnsteig umschaute – in beide Richtungen.

»Keine Tüten«, stellte er fest. »Hat sie die im Zug gelassen?«

»Das glaube ich nicht, Jack«, antwortete Sarah. »Lass uns genau hingucken, was nun passiert.«

Jack erwartete, dass die Frau gleich weggehen würde. Doch stattdessen stieg sie wieder eine Stufe nach oben und streckte einen Arm in den Waggon.

»Was macht sie denn jetzt?«, fragte Jack. Dann sah er noch eine Gestalt an der Wagentür – eine Frau mit einem Kopftuch und in einem langen Wollmantel.

»Ah, sie hilft jemandem beim Aussteigen.«

Er beobachtete, wie die Frau in Blau den Arm der anderen nahm, die gebrechlich wirkte, und beide anschließend den Bahnsteig entlanggingen.

Irgendwie kam Jack das Bild der beiden Frauen bekannt vor, auch wenn er nicht recht sagen konnte, warum.

»Zurück zur Normalgeschwindigkeit«, sagte Sarah. »Behalte die beiden Frauen im Auge und erzähl mir, ob dir etwas auffällt, Jack!«

Er blickte zu Sarah – sie lächelte ihm zu. Und wartete.

»Sieh dir die Hüften an. Wie sie sich bewegen …«

»Verdammt«, fluchte er und setzte sich wieder hin. Dann lachte er. »Das sind keine zwei Frauen!«

»Nein, keine zwei«, stimmte Sarah ihm zu. »Das da sind eine Frau und, ohne jeden Zweifel, ein Mann, der als Frau verkleidet ist.«

»Bernard Mandeville«, sagte Jack. »Sie hat ihn im Tunnel verkleidet.«

»Jap – als die Lichter ausgingen. Sie muss den Rock und den Mantel in diesen Tüten mitgebracht haben. Dann warf sie Bernards Sachen aus dem Abteilfenster, solange sie noch im Tunnel waren, und steckte die Tüten in ihre Handtasche.«

»Verteufelt clever«, sagte Jack. »Aber wenn es eine Art Entführung ist … hat sie ihn vielleicht auch unter Drogen gesetzt? Damit er ruhig bleibt? Damit er sich nicht wehrt? Also, wo sind die beiden hin? Sie müssen einen Wagen gehabt haben.«

»Tim, haben Sie die Aufnahmen vom Parkplatz?«, fragte Sarah.

»Ja, hier!«, antwortete Tim.

Jack sah zu dem Ehrenamtlichen auf. Er hielt die DVD schon bereit. Sie warteten, während sie lud. Dann ging Sarah das Menü durch, wählte Kamera und Zeit, und auf dem Bildschirm erschienen vier Ansichten des Parkplatzes.

»Bingo! Da sind sie!«, rief Jack und zeigte auf einen der Ausschnitte.

Er konnte sehen, wie diese Grisoni – so sie es denn war –Bernard mit festem Griff gepackt hielt, sodass er ihr nicht entwischen konnte.

»Ich sehe keine Waffe«, konstatierte er. »Hat sie ihm vielleicht gedroht, ihm gesagt, er solle sich ja nicht rühren, kein Wort sprechen, sonst –«

»Nun ein anderer Bereich des Parkplatzes«, unterbrach Sarah ihn und wechselte die Kamera.

Jack schaute zu, wie diese überaus merkwürdige Entführung weiter ablief.

Erstaunlich, dass ihnen das nicht aufgefallen war, als sie sich die Videoaufzeichnungen das erste Mal angeschaut hatten. Aber genau wie all die Leute auf dem Bahnsteig an jenem Tag hatten auch sie nur zwei harmlose Frauen gesehen, die offenbar miteinander befreundet waren und daher Arm in Arm fortschlenderten. Und keine Entführerin und ihr männliches Opfer.

»Und da ist der Wagen«, sagte Sarah.

Jack sah einen kleinen roten Wagen aus einer Lücke fahren. Grisoni öffnete die hintere Tür und half Bernard hinein – wieder kein Sträuben. Sie schloss die Tür, lief auf die andere Seite und stieg ein.

»Wenn wir Glück haben«, sagte Sarah, »erwischen wir das Kennzeichen.«

Jack schaute zu, wie der Wagen über den Parkplatz fuhr und schneller wurde. Als er in die Nähe der Kamera kam, erhaschte Jack einen Blick auf die Fahrerin.

Und erkannte den Wagen wieder.

»Ähm, wir brauchen das Nummernschild nicht«, ließ er Sarah wissen.

»Was meinst du?«

»Ich kenne den Wagen. Und die Fahrerin.«

Er stand auf und griff nach seiner Jacke.

»Das ist niemand anders als das Dienstmädchen der Mandevilles … Mary Seddon.«

»Du willst mich verschaukeln?«

»Nein. Ich denke, wir haben gerade entdeckt, wer Bernard Mandeville entführt hat, Sarah«, sagte er, während er seine Jacke anzog. »Und ich weiß auch, wo wir sie finden.«

»Wo?«, fragte Sarah, die ebenfalls aufstand.

»In Barton«, antwortete er auf dem Weg zur Tür. Sarah folgte ihm. »Weißt du noch? Die Seddons haben dort ein Haus. Ich kenne die genaue Adresse nicht, aber die wirst du gewiss unterwegs herausfinden.«

16. Der Plan wird enthüllt

Sarah fuhr langsam die schmale Straße hinunter, während Jack die Hausnummern mit der Karte auf ihrem Handy abglich.

»Okay«, sagte er. »Am besten wirst du jetzt langsamer. Ich glaube, es ist das kleine Cottage da vorne links.«

Sarah sah einen matschigen Parkplatz neben der Trockenmauer, die sich am Straßenrand entlangzog, und bog ein.

»Ich will da nicht vorbeifahren«, erklärte sie, als sie den Motor abstellte. »Wir gehen lieber von hier zu Fuß, einverstanden?«

»Absolut.«

Sie stieg aus dem Wagen und wartete, dass Jack zu ihr kam.

Gemeinsam betrachteten sie das Haus, das ungefähr fünfzig Meter vor ihnen stand. Von hier aus konnte Sarah es besser erkennen: ein winziges Cottage in einem kleinen Hain. Davor war ein karger Rasen. Ein Weg führte von der Haustür zu einer Holzpforte, durch die man auf die Straße gelangte.

Auf einer Seite befanden sich eine Einfahrt und eine kleine Garage, vor der ein roter Wagen parkte. *Der* rote Wagen.

»Tja, wie es aussieht, ist Mary Seddon zu Hause«, sagte Sarah.

»Ja. Die Frage ist nur, ob sie Bernard woandershin gebracht haben oder ob er hier im Haus ist.«

»Das lässt sich ergründen. Leider gibt es hier wenig Deckung.«

Sobald sie auf das Haus zugehen würden, wären sie von allen Fenstern auf der Vorderseite aus zu sehen, wie Sarah erkennen konnte.

»Stimmt. Ich denke, wir gehen über das Feld an der Seite«, schlug Jack vor. Er nickte zu einem kahl gepflügten Feld, das an die Bäume hinter dem Haus grenzte.

»Und dann?«

Er zuckte mit den Schultern. »Dann denken wir uns etwas aus, hm?«

»Also wie immer«, sagte Sarah grinsend. »Los geht's.«

Sie überquerte die Straße und schlüpfte durch eine Lücke in der Trockenmauer auf das Feld.

Zehn Minuten später standen sie am Rande der Baumgruppe und blickten direkt auf das Cottage, das keine zehn Meter entfernt war.

Jack konnte Mary Seddon am Herd in der Küche stehen sehen. Doch in den anderen Zimmern hinten rührte sich nichts.

»Sieh mal, da ist eine Seitentür«, sagte Sarah.

Er nickte. »Warten wir, bis Mary sich umdreht, dann laufen wir los, ja?«

Er sah, wie Sarah Luft holte und sich bereit machte. Sie warteten, bis Mary zur Spüle unterm Fenster kam, einige Sekunden dortblieb und an den Herd zurückkehrte.

»Jetzt«, sagte Jack.

Gemeinsam sprinteten sie halb geduckt am Seitenfenster des Hauses vorbei, blieben neben der Tür stehen und drückten sich flach an die Mauer.

»Was ist, wenn – ich weiß nicht – es eine ganze Gang ist? Wenn ihnen noch andere helfen?«, fragte Sarah.

»Und, na ja, sind Entführer nicht meistens auch bewaffnet?«

»Hey, ganz ruhig. Wahrscheinlich sind sie nicht mal mehr hier.«

»Ja, sehr beruhigend«, entgegnete Sarah. Dann nickte sie ihm zu, und er sah, wie sie nach dem Türknauf griff und ihn sehr behutsam drehte.

Er flüsterte: »Warte! Findest du nicht, ich sollte –«

»Ladies first«, fiel sie ihm ins Wort, schob leise die Tür auf und betrat das Cottage. Da war kein verräterisches Quietschen, als die Tür aufschwang. »Ich denke, Schnelligkeit und Überraschung sind entscheidend, meinst du nicht?«

»Ich liebe Überraschungen«, antwortete Jack und eilte ihr nach.

Drinnen blickte er sich um. Nach rechts führte ein Korridor in die Küche. Geradeaus war noch ein kurzer Flur mit einer geschlossenen Tür links … *Muss das Wohnzimmer sein*, dachte er. Sarah war schon vorausgehuscht.

Er hörte Stimmen – einen Mann und eine Frau.

Sarah war bereits an der Tür, öffnete sie …

Jack lief ihr nach, gefasst auf alles Mögliche, womit man sich auf sie stürzen könnte: auf Fäuste, Messer – vielleicht sogar auf eine Pistole, wer wusste das schon? Sein Adrenalinpegel stieg, als er sich rasch in dem Zimmer nach möglichen Bedrohungen umschaute.

Womit er indes nicht gerechnet hatte, war …

… eine Modelleisenbahn auf einem großen Tisch. Und daneben, eine Steuerung für Miniaturlokomotiven in der Hand, stand die mysteriöse Frau aus dem Zug. An ihrer Seite war ein älterer Mann – *eindeutig Bernard Mandeville.* Er hatte einen Arm um ihre Taille gelegt und half ihr bei der Steuerung.

Beide blickten halb lachend, halb erschrocken zu ihren Überraschungsgästen auf.

Die beiden spielen mit einer Modelleisenbahn, schauen dem kleinen Zug zu, der ratternd um eine Kurve fährt und in einem Tunnel verschwindet …

Jack bemerkte, dass er sich nun in Zeitlupe bewegte, und sah zu Sarah, die sogar noch erstaunter wirkte als er.

Dann strahlte Bernard Mandeville sie an. »Ah«, sagte er, »wollen Sie mit uns zu Mittag essen? Ich bin nicht sicher, ob Mary genug Suppe gemacht hat.«

»Oh, die wird reichen«, erklang eine Stimme hinter ihnen. Jack drehte sich zur streng dreinblickenden Mary um, die ein Tablett mit Essen trug. »Obwohl ich nicht behaupten kann, dass Sie beide willkommen sind.«

»A-aber wir sind hergekommen, um Bernard zu retten«, erklärte Sarah.

»Retten? *Mich?*«, erwiderte Bernard. »Ha! Was für eine entzückende Idee! Doch ich muss Ihnen mitteilen, dass Sie zu spät kommen. Ich wurde schon gerettet.«

Dann drehte er sich zu der mysteriösen Signora Grisoni und gab ihr einen zarten Kuss auf die Wange.

»Stimmt es nicht, Liebling?«

»Ja, *mio caro*«, antwortete die Frau.

Und Jack sah, wie sie den Kuss erwiderte. Die beiden wirkten wie junge Verliebte.

»Ich hätte einen Vorschlag«, sagte Jack, der sich am Kopf kratzte. Seine Anspannung wich purer Verwirrung.

Was ist denn hier los?

»Wie wäre es, wenn Sie die Suppe servieren, Mary, und wir uns alle hinsetzen, damit Sie uns erklären können, was in aller Welt hier vor sich geht?«

»Eine famose Idee«, sagte Bernard strahlend. »Ich liebe gute Geschichten!«

»Ich auch«, pflichtete Jack ihm bei und wandte sich zu Mary. »In diesem Fall glaube ich allerdings, das Ende bereits zu kennen. Aber ich würde wirklich gern den Anfang hören …«

»Ehrlich, Jack«, sagte Sarah, »du darfst nicht so streng mit dir sein, was diesen Fall angeht.«

»Warum denke ich dann, dass du alles schon durchschaut hattest … *lange* vor mir?« Er lachte. »Nicht, dass das etwas Schlimmes wäre.«

Jack schaltete seinen Austin-Healy Sprite einen Gang runter und blickte auf den Tacho.

Obwohl das Verdeck zugeklappt war, pfiff der Wind durch den kleinen Sportwagen. Jack schaute hinüber zu Sarah. Ihm war klar, dass sie diese Unterhaltung genoss.

»Du hast die Puzzleteile ziemlich schnell zusammenbekommen … am Ende, meine ich.«

»Ach ja?«, entgegnete er. »Ich dachte immer noch ausschließlich an Kidnapping! Mir ist völlig entgangen, was tatsächlich los war. Während du … du hattest Bernards Verkleidung erkannt. Das war beeindruckend.«

»Vielen Dank! Doch als Mary und Sofia zu erklären begannen, was wirklich passiert war, da hast du, glaube ich, das Ganze auch bewundernswert schnell durchschaut.«

»Wenn du es sagst. Trotzdem denke ich … dass du womöglich schon mit etwas anderem als einer Entführung gerechnet hattest, als wir uns die Aufzeichnungen ansahen, hm?«

»Könnte sein. Ich war mir nicht sicher, deshalb hielt ich den Mund.«

»Auf jeden Fall war das gute Arbeit – Kidnapping oder nicht!«

»Ja, und ich muss sagen, dass wir uns am Ende gut geschlagen haben.«

Eine Minute lang schwiegen sie, dann sagte Sarah: »Ich bin gespannt, was sich seit unserem letzten Besuch verändert hat. Es muss fast einen Monat her sein.«

»Seit wir die berühmte ›Mandeville-Entführung‹ aufgeklärt haben, hm?«

»Wir haben den Fall gelöst«, betonte Sarah. »Das mysteriöse Verschwinden aufgedeckt. Und auch … ein richtiges Verbrechen.«

»Nur nicht das, von dem wir ausgegangen sind.«

»Ja, die beiden Schwestern und der schreckliche Theo hätten Bernard am Ende umgebracht. Und wir haben sie rechtzeitig aufgehalten, Jack. Jetzt sind sie dran.«

»Stimmt«, sagte Jack. »Und wir haben eine tolle Zugfahrt gemacht!«

Was ihn jedoch nicht darüber hinwegtröstete, dass er so lange gebraucht hatte, den Fall zu durchschauen.

Dann sah er zu Sarah hinüber, die richtig strahlte, und konnte nicht umhin, mit den Schultern zu zucken.

»Weißt du was? Du hast recht. Und schließlich hattest du am Ende alles richtig kombiniert.«

»Bei dem Training, das ich hatte? Selbstverständlich. Erinnerst du dich nicht? *Immer alles infrage stellen.*«

»Keine schlechte Regel.«

»Wir dürfen uns nicht vorwerfen, dass wir die Pläne der Schwestern nicht gleich durchschaut haben.«

»Oh ja, die waren schon gut. Zusammen mit Theo haben sie nicht nur Bernard und Dr. Finch manipuliert, sondern dich und mich ebenfalls.«

»Glaubst du, sie wären damit durchgekommen?«

»Nichts hätte sie daran gehindert«, antwortete Jack.

»Angesichts der wahnsinnigen Diät, auf die sie Bernard gesetzt hatten – von den unnötigen Medikamenten ganz zu schweigen –, ist es kein Wunder gewesen, dass er mit jedem Tag schwächer wurde.«

»Der arme Mann. Dr. Finch erzählte mir, dass er danach Bernards Blutbild machen ließ – und einen übleren Fall von Anämie hatte er noch nie gesehen. Natürlich half es auch nicht, dass Bernard diesen ganzen Unsinn von amyotropher Lateralsklerose glaubte.«

»Ich bezweifle, dass er es noch länger als einige Monate gemacht hätte«, sagte Jack. »Und dann hätte Mandeville Towers – mitsamt der zwanzig Millionen – ganz ihnen gehört.«

»Und eine Autopsie hätte nichts ergeben.«

»Da war ja nichts – außer einer erfundenen Diagnose von einem fragwürdigen Arzt.«

»Natürlich war die eine Sache, mit der sie nicht gerechnet hatten, die alte Flamme Sofia Grisoni, die aus heiterem Himmel aufkreuzte und sofort erkannte, was sie im Schilde führten.«

»Wäre sie nicht so beharrlich gewesen«, mutmaßte Jack, »und hätte sie nicht Kontakt zu Mary gesucht, wäre Bernard womöglich jetzt schon nicht mehr am Leben.«

»Und hätte Bernard nicht seinen guten, alten Freund Archie Reynolds gehabt – der bereit war, im richtigen Moment sämtliche Lichter im Zug zu löschen …«

»Das war mal ein Plan! Eines muss man ihnen lassen: Sie haben das richtig professionell durchgezogen.«

Weiter vorn sah Jack die Abbiegung zu Mandeville Towers.

Er verlangsamte, bog von der Straße und hielt vor dem Tor, sodass der Sicherheitsmonitor direkt vor seinem Seitenfenster war.

»Willst du nicht klingeln?«

»Und den schnippischen Seddon aufwecken? Oh ja …«

Er streckte einen Arm aus dem Fenster und drückte den Knopf.

»Ah, Mr Brennan! Miss Edwards!«, ertönte Seddons Stimme aus dem Lautsprecher. »Willkommen in Mandeville Towers! Fahren Sie bitte durch!«

Der alte Butler klang geradezu jovial.

Jack sah Sarah an, die genauso verdutzt war wie er. Das Tor öffnete sich weit, und er legte den Gang ein und fuhr los.

»Was für eine Freude, Sie beide unter diesen *veränderten* Umständen wiederzusehen«, sagte Seddon, als er Jack und Sarah in die Eingangshalle bat und die große Haustür hinter ihnen schloss.

»Folgen Sie mir bitte«, forderte er sie danach auf und machte sich auf den Weg durch den Korridor. »Mr Mandeville und Signora Grisoni sind im Salon.«

Sie gingen ihm nach. Als sie die Flügeltüren zum Salon erreichten, blieb Seddon stehen und drehte sich zu ihnen um.

»Sir, Madam, wenn ich etwas sagen dürfte? Hätte ich bei Ihrem ersten Besuch hier gewusst, dass Sie nicht in das Komplott der Stiefkinder ›verstrickt‹ waren …«

»Wir haben es nicht so mit dem Stricken«, warf Jack ein.

»Jedenfalls, *hätte* ich es gewusst – und ich bin sicher, dass Sie es verstehen –, wäre ich Ihnen gegenüber vollkommen anders aufgetreten.«

»Das ist schon in Ordnung, Mr Seddon«, sagte Sarah. »Die drei hatten uns angeheuert, um Mr Mandeville zu finden und wieder zurückzubringen – da war es nur verständlich, dass Sie annahmen, wir wären in dem anderen Team.«

»Sie sind sehr nachsichtig, Miss Edwards.«

»Aber erzählen Sie mal, was ist aus Lucinda, Eve und Theo geworden, seit Mr Mandeville zurück ist?«, fragte Sarah.

»Die Polizei war hier und hat sie befragt – so wie Sie vorgeschlagen hatten.«

»Und sind sie angeklagt worden?«

»Leider nicht. Mr Mandeville weigerte sich, Anzeige zu erstatten. Allerdings glaube ich, dass der Arzt in London einen Prozess wegen Fehlbehandlung zu erwarten hat. Wie dem auch sei, die Stiefkinder sind ausgezogen, *halbwegs* freiwillig – ich hatte da durchaus gedrängt –, und das innerhalb weniger Tage. Jetzt wohnen sie in einem sehr, sehr kleinen Haus in Didcot.«

»Welch Glück, dass Sie die los sind«, sagte Sarah.

»Das kann ich unmöglich kommentieren, Madam.« Seddon öffnete die Türen zum Salon und bedeutete ihnen, hineinzugehen.

Kaum hatte Sarah den Raum betreten, erhoben sich Sofia und Bernard gleichzeitig von dem Sofa am Kamin und kamen ihnen entgegen.

»Jack! Sarah!«, rief Bernard. »Was für eine Freude! Ich bin so froh, dass Sie kommen konnten.«

Nachdem Jack und Sarah Tee serviert worden war, lauschten sie Bernards und Sofias Erzählung von ihrer ersten Begegnung und wie sie sich ineinander verliebten – auf Bernards Interrailtour durch Italien vor vielen, vielen Jahren. Danach hatten sie sich aus den Augen verloren, dann aber wiedergefunden.

Und nachdem sie zu Gin-Tonics übergegangen waren, danach »ein leichtes Abendessen« mit Champagner und hinterher Brandy genossen hatten …

Wurde Jack von Bernard eingeladen, mit ihm auf den Dachboden zu kommen.

»Ich muss Ihnen etwas zeigen, Jack. Es wird Ihnen gewiss gefallen«, sagte Bernard, der über die große Treppe vorauseilte, wobei er jeweils zwei Stufen auf einmal nahm.

Jack folgte ihm und staunte über Bernards Appetit und seine wiederhergestellte Kraft.

Oben unterm Dach öffnete Bernard die niedrige Tür und schaltete das Licht an.

Jack betrachtete die Eisenbahnanlage.

»Ah!«, rief er. »Sie haben all Ihre Lokomotiven wieder hier.«

»Jede einzelne«, bestätigte Bernard. »Als Seddon und ich die ›Flucht‹ geplant haben, bat ich ihn, sie für alle Fälle zum Cottage zu bringen. Wie ich hörte, fiel Ihnen gleich auf, dass sie fehlten? Sie sind selbst ein Eisenbahnfreund, hm?«

»Als Kind hatte ich eine Modelleisenbahn, damals in Brooklyn. Ist aber sehr lange her.«

»Dachte ich mir. Deshalb … Nun, als ich überlegte, wie ich Ihnen danken könnte, kam mir eine Idee. Ich dachte, Sie könnte Ihnen eventuell zusagen.«

Jack sah, wie Bernard zur Anlage nickte.

»Na los, Sie sind der Detective, Jack …«

Jack lächelte; jetzt war er richtig neugierig geworden. Dann blickte er wieder zur Modellanlage. Betrachtete alles. Den Tunnel. Die Hügel. Die langen Nebengleise für Frachtzüge. Die Cherringham Bridge. Den Fluss …

Und dann entdeckte er es. Er hockte sich hin und inspizierte es aus der Nähe.

Da lag eine Reihe von perfekt modellierten Kähnen

und Hausbooten; drinnen brannten kleine Lichter. Und am Flussufer waren winzige Gärten, umgedrehte Ruderboote, baufällige Schuppen – alles makellos kopiert.

Vor allem war da in der Reihe sein Boot: die *Grey Goose.*

Die Decks waren ordentlich aufgeräumt und blank geschrubbt. Auf dem Hauptdeck stand ein Tisch – und darauf ein Tablett mit Martini-Gläsern und einem Shaker.

»Das ist fantastisch«, sagte Jack.

»Wann immer Ihnen danach ist – kommen Sie her, und verbringen Sie eine oder zwei Stunden mit der Anlage. Sie sind jederzeit willkommen.«

»Vielen Dank, Bernard!«

Er blickte zu Bernard auf, der ihn strahlend anlächelte.

»Nein, ich danke Ihnen, Jack. Ihnen und Sarah. Danke, dass Sie mir geholfen haben, mein Leben wieder aufs richtige Gleis zu bringen! Und jetzt wird es Zeit für einen Schlummertrunk!«

Jack folgte dem auf einmal sehr rüstigen Mann die Treppe hinunter und dachte zweierlei. Wie froh er doch war, dass er diesem netten Menschen geholfen hatte, sein Haus und sein Vermögen zurückzubekommen.

Und wie beeindruckt er von Sarah war.

Ihr Instinkt wurde mit jedem Fall schärfer.

Und das ist wahrlich ein Grund zum Feiern.